각성! 북경각

각성 1
북경각

초판 1쇄 인쇄일 2015년 5월 27일 | **초판 1쇄 발행일** 2015년 5월 29일

지은이 전남규 | **펴낸이** 곽중열 | **담당편집 팀장** 이범수
편집부 신연제 이윤아 김호성 김은경

펴낸곳 (주)조은세상 | 출판등록 제 2002-23호
주소 경기도 연천군 미산면 청정로 1355
TEL 편집부 02)587-2966 | FAX 02)587-2922
e-mail bukdu@comics21c.co.kr

MODERN FANTASY STORY

전남규 현대판타지 장편소설

1

각성!
북경각

북두
(주)좋은세상

CONTENTS

MODERN FANTASY STORY

프롤로그. 너 중화요리나 한번 배워볼래?

MODERN FANTASY STORY

각성!
북경각

각성!

프롤로그. 너 중화요리나 한번 배워볼래?

북경각

MODERN FANTASY STORY

4년 전, 2010년 3월 29일

대봉고등학교 1학년 3반 교실.

학기 초의 설렘이 있어야할 공간에 오직 적막만이 떠돌고 있었다. 경묵이 자신의 자리에서 일어나고는 의자를 힘껏 바닥으로 내리치자, 교탁 앞에 선 체육선생이 크게 소리쳤다.

"이자식이!"

경묵이 뒷문으로 성큼성큼 다가가자 교실 안의 모든 이들은 숨죽인 채 상황을 지켜볼 뿐, 아무런 행동도 취하지 못하고 있었다.

"야 이 자식아! 너 뭐하는 짓이야?"

경묵은 뒷문을 세게 열며 외쳤다.

"좆같아서 진짜, 이깟 학교 안 다니면 될 거 아냐!"

그렇게 성큼성큼 교실 밖으로 나섰다. 학교 밖으로 나선 경묵은 정문 앞 벤치에 앉아 담배를 하나 꺼내 물고는 불을 붙이고는 생각에 잠겼다. 그간 그렇게도 그만두고 싶었던 학교를 그만두게 되었지만, 막상 교문을 나서고 나니 뭘 해야 하는지 통 감이 오지 않았다.

"아니다, 차라리 잘됐지 뭐."

경묵은 천천히 집으로 걸음을 옮겼다. 허름한 외관의 빌라, 방 2개짜리 반 지하 집. 여름이면 벽에 곰팡이가 끼고 겨울이면 창틈을 넘어오는 칼바람에 좀처럼 잠을 이루지 못한다.

할머니와 단 둘이 생활하는 경묵은 중학교 시절부터 아주 이름난 문제아였다. 그의 아버지는 본래 공직생활을 오랫동안 해왔다. 그러나 어느 날 갑자기 빠진 노름 탓에 빚을 크게 진후로 그 빚을 퇴직금으로 매워야 했다. 그 과정에서 경묵의 어머니는 집을 떠난 후 등기우편으로 이혼서류를 동봉해서 보낸다. 얼마 지나지 않아 아버지와도 연락이 두절된다.

졸지에 혼자가 된 경묵은 인근에 살던 할머니의 짐이 되었다. 불편한 다리로 아파트 청소 일을 하는 할머니는 새벽 5시에 일어나 출근을 해서 오후 4시가 되어야 다리를 절뚝이며 집으로 돌아온다. 할머니의 월급 80만원. 남는 돈은 거의 없다.

아버지는 최후의 승부를 보려고 하셨던 것일까?

할머니의 유일한 재산인 집을 담보로 대출을 받았고, 현재 그 이자만 한 달에 20만원씩 매우고 있다. 원금을 조금씩 갚으며 이런저런 공과금을 내고나서 남는 생활비로 할머니와 경묵이 생활하기에는 턱없이 부족했다.

'차라리 잘 됐지 뭐, 제대로 된 일을 한 번 해보자.'

문제가 되었던 것은 체육복이었다. 체육복을 도둑맞은 탓에 체육시간이면 엉덩이를 흠씬 두들겨 맞아야 했다. 처음엔 한 대, 다음엔 다섯 대, 그 다음엔 열 대. 이번엔 스무 대였다.

그러나 차마 할머니에게 체육복을 새로 사달란 말을 하지는 못했다. 할머니의 주머니 사정이야 자신이 제일 잘 알지 않던가?

오늘 체육수업은 실내에서 진행된다는 말을 듣고 안심하였으나, 체육선생은 교실에 들어서는 순간 체육복 검사를 시작했다. 졸지에 스무 대를 맞아야 하는 상황이 찾아온 것이다.

더 이상 교실 의자에 앉아있어야 할 이유가 없었다.

일전에 선배들에게 배달을 하면 돈을 제법 많이 벌 수 있다는 이야기를 들은 적이 있던 경묵은 그 길로 일자리를 알아보기 시작했다. 그리고 며칠 뒤, 지금 경묵의 직장 '북경각' 에 취직하게 된다.

❀

2014년 12월 8일.

검은색 코트를 입은 경묵이 제일 먼저 출근해 가게의 문을 열고는 카운터의 포스 PC 전원을 켜고 음악을 틀었다. 음악 소리에 고개를 조금씩 까딱거리며 탈의실로 향해서 옷을 갈아입고, 조리모를 쓰고는 주방으로 향했다. 반죽기계에 밀가루와 물을 붓고는 섞기 버튼을 누르고, 반죽기계가 돌아가는 동안, 오늘 사용할 재료들을 해동시키기 시작했다.

경묵이 일하고 있는 '북경각' 은 테이블 8개짜리 협소한 가게다. 사장님과 사모님이 홀에서 전화를 받고 손님 접객을 맡고 있고, 배달직원이 3명, 주방장 주방 이모 한 분 경묵이 주방 일을 도맡아서 하고 있다. 경묵은 4년 전이 가게의 배달직원으로서 취직을 하게 되었다.

"이야, 오늘도 제일 먼저 출근 했네 경묵이."

말을 건넨 이는 주방장 최정혁이다. 중국집 배달직원, 속칭 '짱깨' 였던 경묵을 양지로 꺼내주신 은인이다.

"야, 경묵아 오늘 일 끝나고 뭐하냐?"

"일 끝나면 집에 가서 쉬어야죠."

최정혁이 경묵의 어깨에 팔을 두르며 익살스러운 투로 물어보았다.

"이 자식, 딱딱하기는. 오늘 일 끝나고 연래춘 염탐하러 갈까?"

"형님, 우리가 옵저버도 아니고, 오버로드도 아니고, 염탐을 왜 한답니까?!"

"야 인마, 연래춘이 장사가 잘 되는 비결을 파악해야 될 거 아냐?!"

연래춘은 인근에 위치한 중국집으로서 월 매출이 몇 천이라는 소문이 도는 가게였다.

24시간 운영되는 중국집 이었고, 블로그나 페이스북 트위터 같은 SNS에도 수 없이 소개가 되고 있는 맛집 중의 맛집. 최정혁은 경묵의 목에 두른 팔을 힘을 주어 조르며 협박하듯 말을 이어나가기 시작했다.

"너 이 자식! 같이 염탐하러 가겠다고 하지 않는다면 오늘 점심장사는 못 하는 거다! 안 놔줄 거야!"

"켁! 켁! 아 형!"

"너 갈 거야?! 말 거야?!"

경묵이 얼굴이 붉어진 채로 힘겹게 대답했다.

"갈게요! 갈게요! 같이 갈 테니까 좀 놔줘요 형님!"

13

최정혁은 그제야 만족스러운 듯 미소를 한 번 지어보이고는 경묵을 놔 주었다.

"그래 녀석아 진작 그럴 것이지!"

"아, 형 옷 먼저 갈아입어요! 짜장 안 볶을 거에요?"

"어련히 알아서 하시겠냐!"

최정혁이 크게 웃으며 탈의실로 들어갔다.

가끔 짓궂은 장난을 치는 게 유일한 단점인 주방장 최정혁은 경묵이 가장 좋아하는 사람이었다. 정말 친 형 같은 사람이기도 했고, 배달직원으로 일하던 경묵에게 손수 중화요리를 가르쳐준 사람이기도 했다.

경묵이 농담처럼 '저는 형만 따라 다닐 거 에요 버릴 생각 하지도 마세요.' 하며 으름장을 놓곤 하면, 최정혁은 질색이라는 듯 손사래를 치며 '나는 사내놈한테는 관심 없으니 인연을 찾으려거든 저기 이태원 쪽으로 가봐라' 하는 우스갯소리를 하곤 했다.

애초에 4년 전, 경묵을 주방에 들인 것도 정혁이었다.

경묵이 배달 직원으로 일한지 반년이 채 안되었을 때의 일이다.

❀

갑작스레 배달을 나선 경묵이 신호를 기다리며 배달지

를 확인하고 있었다. 그 때, 빗방울이 조금씩 떨어지기 시작하더니 얼마 지나지 않아 소나기가 내렸다.

'아, 씨…… 비가 갑자기 오고 지랄이야.'

거센 빗방울에 앞이 잘 보이지 않았다. 길이 미끄러워 평소보다 저속으로 주행을 하고 있었다. 배달지에 도착해서 철가방을 들고 내렸을 때는 완전 물에 빠진 생쥐 꼴이었다. 엘리베이터를 기다리며 거울에 비친 자신의 모습은 너무도 초라했다.

'어디보자, 802호. 온 김에 6층 들려서 그릇 가져가야겠다.'

배달지를 확인한 경묵이 엘리베이터에 올랐다. 거울을 보며 이런저런 표정을 지어보다가 띵- 하는 소리와 함께 엘리베이터 문이 열렸다.

802호 앞에 서서 벨을 눌렀다.

벨을 누른지 한참이 되었지만 오랫동안 나오지 않자, 경묵은 성질을 이기지 못하고 문을 발로 차기 시작했다.

쾅-쾅-쾅-!

'어휴 진짜 배달시켜놓고 문 늦게 여는 것들은 뭐 하는 것들이야?'

이윽고, 머리가 잔뜩 헝클어진 속옷 차림의 남자가 표정을 잔뜩 구긴 채로 문을 열었다.

경묵은 현관으로 들어서서 철가방을 열고 음식들을 바

닥에 내려놓으며 말했다.

"만 팔천 원이요."

남자는 들은 체 한 번 안하고 앞에 선 채로 아무 말 없이 카드를 건네보이자, 경묵이 카드를 받아들지 않고 올려다보며 말했다.

"손님, 카드결제는 미리 말씀하셔야 되는데요."

"어휴, 씨발."

못마땅하다는 듯 욕지거리 섞인 탄식을 뱉어내 보인 남자는 인상을 잔뜩 쓴 채, 고개를 살짝 뒤로 돌리고는 큰 소리로 물었다.

"야 지영아 너 현금 있냐?"

그리고 그 때, 집 안쪽에서 익숙한 여자의 음성이 들려왔다.

"어, 잠깐만 기다려 봐."

이윽고 여자가 총총걸음으로 나왔고, 경묵과 눈이 마주쳤다. 안에서 만 원짜리 두 장을 손에 쥔 채 걸어 나온 여자는 경묵과 3년째 교제 중이던 여자 친구 지영이였다.

경묵은 자신의 눈을 의심했다.

상황을 받아들이고, 이해하는 데에는 그리 오랜 시간이 걸리지 않았다.

경묵은 자신의 돈주머니에서 천 원짜리 2장을 꺼내어 돌려주며 말했다.

"거스름돈 2000원입니다. 맛있게 드세요."

남자는 아무런 대답도 하지 않았고, 경묵은 문을 열고 나서서 빠른 걸음으로 엘리베이터에 몸을 실었다. 심장이 마구 뛰었다. 거울 안에 비친 자신의 모습은 다시 봐도 정말이지 초라했다. 눈물이 흘렀다. 배신감. 자신의 처지를 누구보다 잘 아는 지영이 아니던가?

재빠르게 오토바이에 올라 탄 그는 바로 시동을 걸고 가게를 향해 달렸다. 빠른 속도로 가게를 향해 달리고 달렸다. 그 때, 비보호 좌회전 신호 앞에서 좌회전을 하던 경묵의 오토바이가 빗물에 미끄러졌다.

쿠당탕탕탕-!

제법 빠른 속력으로 달리고 있던 터라, 경묵은 한참을 굴렀다. 바지가 찢어지고 무릎이 까졌고, 팔꿈치는 깨질 듯 아팠다. 충격의 여파로 짬통에 들어있던 빈 그릇들이 바닥에 흐트러졌다.

정신을 차린 경묵은 눈물을 흘리며 오토바이를 일으키고는, 빈 그릇들을 주워 짬통 안에 넣기 시작했다.

사람들의 시선을 느낀 경묵은 다시 오토바이 위에 앉아 시동을 걸고 천천히 가게를 향해 달렸다.

가게 앞에 도착한 그는 오토바이를 세우고 가게 앞에 쭈그려 앉아 큰 소리로 울었다.

처음엔, 사장이 나와서 경묵에게 소리쳤다.

"야 인마! 배달 잔뜩 밀렸어! 거기 앉아서 뭐하냐!"

이윽고 경묵의 행색이 심상치 않다고 여긴 사장이 나지막한 목소리로 말했다.

"좀 쉬다가 들어와라."

가게 안으로 들어선 사장은 주방 안에 있던 정혁에게 말했다.

"야 정혁아."

"예 사장님."

"앞에 좀 나가봐라."

이윽고 정혁이 짜증 섞인 목소리로 물었다. 한창 바쁠 때에 사장이 또 허드렛일을 시킨다 생각한 탓이었다.

"왜요?"

"앞에 나가봐 인마."

사장이 때리기라도 할 기세로 팔을 들어 보이며 단호하게 말하자, 정혁은 투덜거리며 자신의 옷에 젖은 손을 닦고는 주방에서 나왔다.

가게 문을 열고 나오자마자 쪼그려 앉아 울고 있는 경묵이 눈에 들어왔다.

"이 자식 봐라?"

옷에는 흙탕물이 잔뜩 묻어있었고 바지의 무릎부분이 찢어져 상처를 적나라하게 드러내고 있었다.

그때, 정혁이 경묵의 한 쪽 어깨에 손을 얹고 물어본다.

"경묵아, 너 중화요리나 배워볼래?"

눈물을 흘리던 경묵이 고개를 들어 북경각의 주방장인 정혁을 바라보았다. 이윽고, 천천히 고개를 끄덕여 보였다.

주방장은 그런 그를 바라보며 미소를 지어 보이고는 말했다.

"오늘부터 9시에 가게 문 닫고 나면 시작하는 거다."

정혁은 미친 듯 쏟아지는 빗물을 한 번 올려다보고는 가게 안으로 들어서며 말했다.

"다 울고 들어와 인마."

경묵은 가장 슬프던 날, 가장 좋은 사람을 얻었다.

1장. 각성하다

MODERN FANTASY STORY

각성!
북
경
각

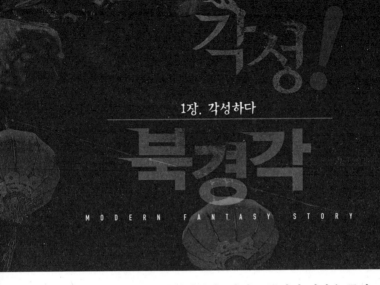

MODERN FANTASY STORY

　이후에 들은 이야기이지만, 당시 근무하던 면장은 무단 결근을 일삼았다고 한다.

　정혁의 지인들이 가끔 땜빵으로 나와 일을 도와주긴 했지만, 대체 인력을 구하려고 해도 사람이 통 구해지지 않았고 정혁이 사장을 오래도록 설득한 끝에 일이 끝난 뒤에는 경묵이 주방일 을 배울 수 있었다.

　처음에는 볶는 방법을 배우기 위해 생쌀로 연습을 했고, 조금 조금 발전할 때 마다 직원들의 식사를 경묵이 조리하기 시작했다. 그게 어느덧 4년 전의 일이다.

　아버지가 할머니의 집을 담보로 졌던 융자는 다 갚은 지 수 개월이 되었고, 이젠 무려 달에 100만 원짜리 적금도 들고 있었다.

지나온 시간동안 경묵은 북경각의 누구보다도 열심히 일을 해왔다. 이제 경묵은 제법 능숙하게 면장으로서의 역할을 해내고 있었다.

"수고하셨습니다!"

한 차례 경묵의 밝은 목소리가 울려 퍼진 후에. 문 앞에 OPEN으로 되어 있던 푯말이 CLOSE로 돌려졌다. 이제 경묵에게 북경각은 말 그대로 일상의 일부였다.

영업을 마친 후에야 정혁과 경묵 두 사람은 연래춘으로 향했다.

연래춘은 북경각에서 그리 멀리 떨어지지 않은 곳에 위치한 중화요리집이다.

제법 유명한 중국집 출신이라는 '정필상' 주방장이 운영하고 있는 24시간 중국집인데, 맛이 어찌나 뛰어난지 주방장이 각성자라는 둥, 이계의 식재료를 사용했다는 둥, 이런저런 소문이 무성한 곳이기도 했다.

두 사람이 연래춘에 들어서자마자 반짝이는 조끼를 차려입은 직원이 안내를 해주었다. 직원은 가슴팍에 자신의 직급과 이름이 적힌 명찰을 달고 있었다.

[매니저 : 김성춘]

그의 명찰을 본 경묵이 한 번 피식하는 웃음을 지어보인 후에 속으로 생각했다,

'이름도 중국집 직원 같은 이름이네.'

그는 밝은 목소리로 정혁과 경묵을 반겨 주었다.

"몇 분이세요?"

"둘입니다."

"이쪽으로 오시겠습니까?"

직원을 따라 이동한 정혁과 경묵은 먼저 내부 인테리어를 둘러보았다. 인테리어부터가 북경각 하고는 상대가 되지 않았다. 정말 중국 번화가의 식당에 온 것 같은 착각을 일으킬 만큼 현지와 동화되어있는 인테리어에 입이 절로 벌어질 정도였다.

자리에 착석한 정혁과 경묵은 메뉴판을 열고는 훑어보기 시작했다.

"형"

"왜?"

"여긴 짬뽕이 만원이네요."

"뭐?"

눈이 휘둥그레 해진 정혁이 메뉴판을 자신 쪽으로 돌려서는, 위에서부터 아래로 빠르게 훑어보기 시작했다. 토끼 마냥 눈을 동그랗게 떠보인 정혁이 경묵에게 물었다.

"뭐야 짬뽕이 왜 이렇게 비싸?!"

"형이 데리고 온 거니까, 형이 쏘는 걸로 알고 있을게요."

정혁은 체념하듯 고개를 끄덕여 보이며 답했다.

"하, 진짜. 그래, 좋다 이왕 먹는 거 탕수육도 한 접시먹는 걸로 하자고."

금세 표정이 밝아진 경묵이 테이블 위의 벨을 누르기가 무섭게, 직원 한 명이 일사분란하게 다가왔다.

"주문하시겠습니까?"

"짜장면 하나, 짬뽕 하나, 탕수육 하나 주세요."

"네 알겠습니다."

주문을 받은 직원이 빠른 걸음으로 경묵과 정혁의 테이블을 떠났다.

얼마 지나지 않아 가장 먼저 나온 메뉴는 탕수육이였다.

제법 먹음직스럽게 생긴 외형. 경묵과 정혁은 침을 한번 꿀꺽 삼키고는 젓가락으로 탕수육을 하나씩 집어 들었다.

각자 입에 탕수육을 넣고는 놀람을 감출수가 없었다.

바삭바삭하면서 쫄깃쫄깃한 맛.

부드러운 돼지고기 등심의 식감과, 적당한 온도에서 적당한 시간 튀긴 듯 감칠맛을 내고 있는 최고의 탕수육이였다.

그 위로 얹어진 소스는 제법 공을 들여 만든 듯, 새콤달콤한 맛이 입맛을 더욱 돋구는 역할을 하고 있었다.

"형…… 우와……."

놀란 것은 단연 경묵만의 이야기가 아니었다. 정혁역시 놀란 기색을 감추지 못하였다.

"역시, 장사가 잘 되는 데에는 이유가 있는 거구나……."

이윽고, 짜장과 짬뽕이 함께 나왔다.

경묵과 정혁은 짜장을 먼저 맛보았다. 달콤하지만, 중도를 유지하고 있는 짜장의 맛이었다. 큼직하게 썰어진 돼지고기의 식감은 감히 최고라고 할 수 있는 맛이었다. 모든 재료가 정말 자연스럽게 어울려져 있었다.

둘은 아무런 말도 하지 않은 채, 짬뽕으로 젓가락을 옮겼다.

짬뽕 위에는 큼직한 해산물이 듬뿍 올려져있었고, 면은 척 보기에도 탱탱해 보였다.

둘은 젓가락으로 면을 집으며 침을 꿀꺽 삼켰다. 그리고 집어올린 면을 입에 넣은 순간, 둘은 저도 모르게 눈을 크게 뜰 수밖에 없었다.

면은 물론이고, 면에 살짝 묻은 국물에서는 짬뽕 맛의 관건인 불내가 제대로 나고 있었고 담백하고도 매콤한 국물은 엄청난 맛을 내고 있었다.

"말도 안 돼……."

둘은 순식간에 모든 접시를 비워내고는, 한참동안 아무런 말 없이 빈 접시만 응시하고 있었다. 지금까지 먹어본 중화요리 중 가히 최고라는 칭호를 줄 수 있을법한 맛이었다.

먼저 입을 뗀 것은 정혁이었다.

"야, 여기 주방장 각성자라더니 사실인가보다."

"예?"

각성자. 갑자기 세상 곳곳에 나타난 던전과 함께 나타난 이들이었다. 생소하다면서도 어떻게 본다면 마냥 먼 발치에 있는 이들은 아니었다.

갑작스럽게 각성자가 되어 주변을 떠나는 이들도 있었고, 이를 주제로 한 드라마나 영화도 인기를 끌고 있었다.

뭐, 모르긴 몰라도 각성자가 식당이라······.

피식하고 웃음을 지어보인 경묵은 고개를 저어보이며 대답했다.

"형, 떼돈 벌 수 있는 각성자가 뭣 하러 중국집을 하겠어요?"

"야 인마, 지금 연래춘 떼돈 벌고 있는 거 안보이냐?"

경묵이 홀을 한 번 둘러보았다.

늦은 시간임에도 불구하고 사람들이 잔뜩 앉아서 식사를 하고 있었다.

그래 이 정도면 제법 섭섭지 않게 벌어들이고 있을 것 같기는 한데, 정말 각성을 한 후에도 주방에 남은 걸까?

정혁은 젓가락으로 경묵을 가리켜 보이며 물었다.

"야, 경묵아. 그럼 너는 각성하면 뭐 할 건데?"

"저요? 글쎄요. 연래춘처럼 잘 되는 식당 하나……."

이내 경묵의 답을 들은 정혁이 코웃음을 한 번 쳐보이고는 이죽거리는 투로 말을 이어나가기 시작했다.

"봐, 자식아. 여기 주방장도 너처럼 조금 모자란 사람인가보지. 그래서 각성한 다음에도 이렇게 식당일이나 하고 있나보지."

각성자라는 이들이야 인터넷이나 티비의 등의 대중매체를 통해서 수없이 봐왔다. 던전 안에 서식하는 괴수들을 사냥하고, 그 시체나 지니고 있던 물품을 팔아 떼돈을 버는 이들 이였다. 던전 안에는 실제로 엄청난 가격에 거래되는 물품들이 숨겨져 있는 경우가 허다했고, 괴수들이 지니고 있는 물품들은 그 가치가 무궁무진 하였다. 또한, 괴수의 시체를 고가에 매입하는 기관도 존재했다. 각성자라고 해서 무조건 던전에서 괴수와 겨루는 것은 아니였다. 음악에 재능이 있는 각성자들이 가수나 작곡가등으로 활동하는 경우도 종종 있었고, 운동선수들 중에서도 상당히 많은 수의 각성자가 존재했다. 뭐, 상황이 이렇다보니 상당히 많은 사람들이 각성을 꿈꾸기는 했으나, 어떠한 경로를 통해서 각성을 하게 되는지에 대해서는 밝혀진 바가 전혀 없었다. 뭐 결국 '복권이나 당첨 되었으면' 하는 말이나, '자고 일어났는데 각성이나 했으면.' 하는 말은 대충 일맥상통한다고 불 수 있는 것이다.

"하긴, 상식으로 용납할 수 없을 정도로 맛이 있긴 하네요……."

식사를 마친 경묵과 정혁은 자리에서 일어났다. 정혁은 어찌나 아쉬운 것인지 겉옷을 입고난 후에도 멍하니 서서 빈 접시를 한참동안 내려다보았다.

"형, 너무 기죽지 말아요."

경묵의 말을 들은 정혁이 심각한 표정을 유지한 채, 장난기 가득 섞인 목소리로 대답했다.

"알았다 허접."

"형, 허접이라니요. 솔직히 중수정도로 해 주세요."

"중수? 욕심이 너무 크군, 허접. 너는 아직 멀었다 허접."

식사를 마친 둘은 밝은 표정으로 가게 밖으로 나섰다. 뭐, 이렇다 할 인사 없이 내일 가게에서 보자는 한 마디 말을 뒤로한 채, 정혁과 헤어진 경묵은 곧장 집으로 향했다. 손에는 포장된 연래춘의 탕수육이 들려 있었다.

'할머니도 분명 좋아하실 거야.'

집에 도착한 경묵이 신발을 벗으며 할머니에게 말했다.

"할머니, 이것 좀 드세요."

"그게 뭐냐?"

"탕수육이에요."

경묵은 의기양양한 표정을 한 번 지어보인 후에, 탕수육을 접시에 옮겨 닮은 뒤에 상 위에 올려서 할머니 앞에 놔드렸다.

할머니는 겸연쩍은 미소를 지으며 경묵에게 말했다.

"이런 걸 뭣 하러 가져왔어"

"할머니 탕수육 좋아하시잖아."

할머니는 탕수육을 한 점 입에 넣으시고는 놀란 표정으로 경묵에게 물었다.

"어머, 맛있기도 해라. 이게 경묵이 네가 직접 튀긴 탕수육이냐?"

짧게 파고들어 정곡을 찌른 할머니의 질문에, 속이 쓰려왔다. 할머니, 저도 그 남녀노소 맛있게 먹을 수 있는 탕수육이 제가 직접 조리한 탕수육이라면 정말 좋겠습니다. 이내 경묵은 멋쩍은 듯 뒤통수를 긁어대며 대답했다.

"아니야, 할머니 요 앞에 연래춘에서 사온거야."

경묵의 대답을 듣자, 오히려 할머니께서 미안해하시며 화제를 돌리려는 듯 말씀하셨다.

"나도 참 주책이지, 경묵아! 어서 씻고 자야지 피곤하겠다."

"그래요 할머니."

대충 몸을 한 번 씻어내고, 머리칼의 물기를 탈탈 털어 말려낸 후에 방에 들어와 몸을 뉘였다. 머리부터 천천히 흘러내리는 따뜻한 물에 하루의 피로가 따라 흘러내려간 듯 했다.

방에 드러누워 천장을 보고 있자니, 계속해서 연래춘의 음식들이 떠올랐다.

사람들이 맛있다, 맛있다 하는 데에는 분명 이유가 있었다.

과연 맛의 비결은 무엇일까? 대체 어떻게 하면 그런 맛을 낼 수 있는 걸까? 정말 무언가 다른 식재료가 들어가는 것일까? 그런 고민들도 잠시, 피곤에 젖은 경묵은 금세 잠들었다.

그리고 그렇게 얼마나 잠들어있었을까?

누군가가 흐느끼는 소리가 귓가를 간질이는 탓에, 잠이 살짝 깨었다.

간신히 눈을 떠서 언뜻 바라본 시계의 시침은 새벽 2시를 가리키고 있었다.

눈을 살짝 떴을 때는, 할머니가 경묵의 한 손을 잡은 채로 서럽게 울고 있었다. 그 모습을 확인한 경묵은 놀라서 벌떡 일어났다.

"할머니, 왜 그래요?"

"아이고, 내가 깨웠구나. 미안하다 경묵아."

"아니에요, 할머니 왜 그래요? 무슨 일이야??"

경묵은 다른 사람은 몰라도, 자신을 키워주신 할머니

만큼은 정말이지 끔찍이 생각하고 모셨다. 할머니가 밤중
에 자신을 부여잡은 채 서럽게 우시다니, 아무런 이유가
없는 것은 아닐 터 였다. 할머니는 좀처럼 대답을 하지 못
하신 채 손등으로 흐르는 눈물을 훔치고 계셨다.

"할머니……. 왜 그러세요……."

"경묵아, 미안하다. 어린 것을 고생만 시키고……. 공
부도 못해보고 우리 경묵이……."

"할머니, 말씀을 해 보세요……."

할머니는 서랍에서 서류봉투를 꺼내어 경묵에게 주었다.

"이게 대체 뭐에요?"

"할미가 들어놓은 상조다. 나 죽으면 거기서 다 나와서
해주니까 사람들 밥 먹고 간 것만 치루면 될 거야."

경묵의 심장이 빠른 속도로 뛰기 시작했다. 아무래도
오늘 나온 건강검진 결과가 좋지 않은 모양 이였다.

"할머니, 대체 무슨 말씀을 하시는 거 에요?"

"오늘 건강검진 결과가 나왔는데 말이다……."

이윽고 할머니의 말을 들은 경묵은 그나마 조금 진정할
수 있었다. 물론 엄청난 희소식은 아니라지만, 할머니는
갑상선 암 판정을 받으셨다고 한다. 불행 중 다행이었다.
갑상선 암이 생명이 위험한 암은 아니라지만, 암이라는
말에 덜컥 겁을 드신 모양 이였다. 사실상 치료만 받으면
암 중에서는 착한 암이라지만, 당장 치료비가 문제였다.

"경묵아, 네 애비 때문에 네가 고등학교도 못 나오고 무슨 꼴이냐? 나까지 짐이 되고 싶은 생각은 없다."

"할머니, 무슨 말씀 하시는 거 에요? 걱정 마세요. 갑상선 암은 암도 아니에요, 별명이 착한 암이에요, 착한 암. 저 지금까지 돈 모아둔 걸로 치료비하고도 충분히 많이 남으니까 걱정 마시고 어서 주무세요. 나는 할머니 우는 것 보고 죽을병이라도 걸린 줄 알았네. 얼른 걱정 말고 주무셔요."

경묵은 한참동안 할머니를 달래드린 후에, 집 앞으로 나와 라이터와 함께 끊었던 담배를 한 갑 샀다. 할머니에게 으름장을 놓으며 달래드리기야 했다지만, 걱정이 태산이었다.

지금껏 저축한 돈이라고는 300만원이 다인데, 치료비로는 턱 없이 모자란 금액임이 분명했다.

치료를 받으시려면 할머니께서 지금 다니고 계신 직장도 그만두셔야 할 테고…….

연세가 연세인 터라 구직이 어렵다.

이참에 푹 쉬라고 말씀이라도 드리고 싶었지만, 자신의 쥐꼬리마한 월급을 생각해본다면 엄두가 나질 않았다.

고민이 고민을 낳고 고민이 또 고민을 낳았다.

왜 하필 시련은 내가 능력이 없을 때 마다 찾아오는 것일까?

이제야 한 시름 놓았는데…….

이런저런 생각들이 끊임없이 이어지다가 갑작스레 떠오른 것은 우습게도 연래춘이었다.

'각성이라도 하게 된다면 참 좋을 텐데…….'

참으로 우스웠다. 이런 긴박한 상황에 쓸 데 없는 공상이라니.

내일 당장 대출을 얼마나 받을 수 있는지를 알아보려 마음먹었다.

경묵은 담뱃갑 안에 라이터를 넣을 공간이 생길 때 까지 줄담배를 피운 뒤에야 다시 집 안으로 들어갔다.

입 안 만큼이나 기분이 텁텁해서 죽을 맛 이었다.

❁

다음 날, 아침 경묵이 눈을 떴을 때 눈앞에 이상한 창이 보였다.

이름 : 임경묵

레벨 : 1 (EXP:0.0%)

HP : 45 (-5)

MP : 45 (-5)

근력 : 11

지력 : 10

민첩 : 12

지혜 : 8

특수 능력치

조리 : 15

게슴츠레하게 뜬 눈으로 눈앞에 나타난 반투명 상태의
창을 바라보던 경묵이 의아하다는 듯 고개를 갸웃거리며
작게 되뇌었다.

"어… 이게 뭐야?"

이내 제 자리에 누운 채 한참동안 눈앞의 창을 바라보
던 경묵은 침을 한 번 꿀꺽 삼켰다.

꿀꺽-

혹시나 지금 자신이 꿈을 꾸고 있는 것은 아닌가싶은
마음에 볼을 한 번 꼬집어보았다. 그리곤 볼에 찾아온 얼
얼함 덕분에 깨달았다.

꿈이 아니다.

자, 꿈은 아닌데 지금 눈앞에 나타나있는 것은 게임과
유사한 안내 창이었다. 지금 눈앞에 펼쳐지고 있는 상황
은 이런저런 대중매체를 통해 심심치 않게 접했던 각성
경험담과 어느 정도 일치했다.

진짜 이렇게 터무니없이 자고 일어났는데, 인생이 바뀌

는 거라고? 정말로? 이윽고 경묵의 입가에 한 차례 득의
의 미소가 떠올랐다.

'내가 정말 각성자라도 된 것 인가?'

핸드폰으로 시간을 확인 하니, 아침 7시였다. 출근까지
는 아직 한 시간의 여유가 있었다.

상태 창은 없어졌다고 생각하면 좋겠다고 생각하니 없
어졌다. 또, 다시 나타났으면 좋겠다고 생각하니 나타났
다. 손으로 휘저어보아도, 발로 건드려도, 도구를 사용해
서 옆으로 밀어내는 시늉을 해 보아도 없어지니 참으로
신기한 노릇이였다.

바로 컴퓨터의 전원을 켜고, 인터넷에 '각성자' 라고
검색을 해 보았다. 으레 그렇듯 영양가 없는 정보의 후미
에 달린 광고들이 경묵의 눈살을 찌푸리게 했다.

우선 경묵은 각성자 협회 공식 홈페이지를 열어 먼저
Q&A 게시판을 열어 보았다. 대부분이 각성자가 되는 법
을 알려달라는 글뿐이었고, 물론 답 글은 하나도 없었다.

잘 가꾸어진 홈페이지 상단에 '신규각성자 안내사항'
이라는 곳을 열람하여 둘러보니 각성자협회로 찾아오라
는 글이 적혀있고, 간단한 약도가 있었다.

각성자협회 건물은 경묵의 집에서 그리 멀지 않은 곳에
있었다.

우선, 메모지에 협회의 주소를 받아 적고는 이런저런

안내사항을 살펴보았다. 우선 모든 각성자가 기본적으로 사용할 수 있는 명령어는 5개였다.

'상태, 장비, 인벤토리, 기술, 상점.'

사이트에 게시된 바로는 생각하는 것만으로 창이 눈앞에 떠서 보인다고 하였다. 우선 경묵은 속으로 '상태'라고 생각했다. 눈앞에 다시금 경묵의 능력치가 나타났다.

이름 : 임경묵

레벨 : 1 (EXP:0.0%)

HP : 45 (−5)

MP : 45 (−5)

근력 : 11

지력 : 10

민첩 : 12

지혜 : 8

특수 능력치

조리 : 15

'뭐야 지혜가 왜 이렇게 낮은 거야? 내가 학창시절에 성적이 높은 편은 아니었다지만, 머리는 제법 영리한 사람이었다고……'

유독 낮은 지혜능력치가 괜스레 심기를 불편하게 만들

었다. 지능 역시 근력이나 민첩에 비해 낮은 편이었지만, 한 자리수의 지혜 능력치를 보니 괜스레 기분이 상했다.

그래, 뭐 어때 아직 평균치 이하인지 이상인지도 모르잖아.

스스로를 한 번 위로해보인 경묵은 다시금 자신의 상태를 한 번 살펴보았다. 천천히 다시 훑어보다 보니 특수 능력치가 눈에 들어왔다.

'조리.'

이제야 전문 직종에서 정점에 이른 이들이 대부분 각성자인 이유가 이해가 되었다.

특수 능력치는 개개인의 성향에 따라 다르게 생겨나는 모양이였다.

경묵은 요리사라는 자신의 직업의 영향을 받아 특수 능력치가 조리로 생성이 된 것이고, 축구선수들은 축구와 밀접한 관계의 능력치를 얻는다거나 하는 듯 했다.

상태 창은 사라졌으면 좋겠다고 생각하는 것만으로 다시 눈앞에서 사라졌다.

만약 온라인게임처럼 레벨을 올릴 수 있고, 레벨이 올랐을 때 상태창에 있는 조리 능력치를 올릴 수 있다고 가정해본다면, 주방에서 불 앞에 서서 요리를 할 필요가 없었다. 경험치를 올리면 요리 실력도 함께 늘어나는 것이니까 말이다.

어쨌든, 상태 창을 없애보인 경묵은 '인벤토리'를 열어
보았다.

인벤토리 창은 물론, 장비창과 업적 창은 아직 텅텅 비
어있는 상태였다.

다만 조금이나마 특별한 것은 '스킬'과 '상점'이었다.
현재 경묵이 보유하고 있는 스킬의 가짓수는 총 5개나 되
었다.

[특별한 조리 LV.3]

같은 음식을 조리하더라도 조금 더 맛있게 조리할 수
있습니다.

기본 지속 스킬.

[나이프 마스터리 LV.3]

나이프를 능숙하게 다룰 수 있습니다. (그 외의 검, 도
류는 영향을 받지 않습니다.)

기본 지속 스킬.

[근력 강화 LV.1]

아군이나 자신의 근력을 일시적으로 강화할 수 있습니다.

사용스킬 -> 지속시간 180초, 근력상승 +1

MP 소모 : 30

[민첩 강화 LV.1]

아군이나 자신의 민첩을 일시적으로 강화할 수 있습니
다.

사용스킬 -〉 지속사간 180초, 민첩상승 +1

MP 소모 : 30

[강화 LV.1]

아이템을 강화할 수 있습니다.

사용스킬 -〉 확률과 재료는 강화할 아이템의 등급과 강화 횟수에 따라 다릅니다.

MP 소모 : 0

특별한 조리 기술이나 나이프 마스터리 기술이 3LV인 점은 의외였다. 정혁이 자신을 허접이라 칭한 것에 비해서는 나름 만족할 만한 레벨이었다. 아무래도 방금 언급한 이 두 가지 기술은 각성 이전에 경묵이 지니고 있던 스킬인 듯 했다. 그리고 그 아래로 나열된 세 개의 스킬, 민첩 강화나 근력 강화, 또 강화스킬은 각성을 하게 됨과 동시에 개방된 스킬들인 듯 했다.

대충 스킬 창을 밀어내 치워보인 경묵이 이 번에는 상점 창을 한 번 열어보았다.

눈앞에 나타난 상점 창은 정말이지 가관이었다.

상점에는 온갖 잡동사니가 다 있었고, 우측 하단에는 화폐단위를 나타내는 듯한 GEM 이라는 글씨가 적혀있었고, 그 옆에는 숫자 0이 보기 좋게 적혀있었다.

0GEM.

'아직은 빈털터리로군.'

경묵은 상점을 천천히 둘러보았다. 화장품부터 시작해서, 주방용품, 식료품, 학용품 등등 온갖 잡동사니가 있었고 우측 상단의 돋보기 모양으로 보아하니 검색 기능도 있는 듯 보였다. 이젠 제법 각성자 인터페이스에 적응을 한 듯 속으로 되뇌어 보았다.

'검색, 중화 칼.'

띵-!

[총 353개의 상품이 검색되었습니다!]

이야, 353개나 된다고?

천천히 훑어보니 가격은 천차만별이었고, 그 능력치 역시 천차만별이라 할 수 있었다. 아직 이 상점에서 사용하는 화폐의 가치를 잘 모른다지만, 이 상점 기능만큼은 정말 유용하게 사용할 수 있는 기능인 듯 했다.

간단히 호기심을 충족시키는데 성공한 경묵은 각성자 협회의 주소를 적은 종이를 자신의 외투 안주머니에 넣어두고, 퇴근 후에 방문을 하겠다고 결심했다.

다행히도 각성자 협회는 24시간 개방되어 있는 듯하였다.

경묵은 우선 출근 준비를 하기 시작했다.

한편으로는 정말 다행이라는 생각이 들었다. 자신도 각성자가 되었으니, 이제 적어도 조금은 벌이가 나아지지 않을까 하는 생각이 들었기 때문이었다.

'뭐, 다들 얼마나 이 능력을 잘 활용하느냐의 차이겠지만……?'

그래도 지금보다는 벌이가 나아지지 않을까 하는 막연한 기대감에 사로잡혀 있었다. 각성자들이 정확히 얼마나 많은 돈을 버는지는 모른다지만 어쨌든 지금보다 몇 배고 벌이가 나아질 것이 분명했다.

그렇게나 꿈에 그리던 각성을 하다니, 정말 꿈이 아닌가 싶어서 몇 번이고 볼을 꼬집어보았지만 아파도 너무 아팠다. 꼬집을 때마다 볼이 너무 아팠다. 그래서 행복했다.

출근을 한 경묵은 평소와 다름없이 가게의 문을 열고 포스 PC의 전원을 켜고 음악을 틀었다.

가게의 불을 키고 반죽기계를 돌리는 동안 재료를 해동시켰다.

얼마 지나지 않아, 다른 직원들도 하나 둘씩 출근을 하기 시작했다.

정혁이 가게 문을 들어섰을 때, 경묵이 웃으며 손을 흔들자 정혁이 놀란 듯 물었다.

"야 왜 그래? 무슨 일 있어?"

"왜 그러십니까, 주방장님?"

"무슨 주방장님이야 인마. 왜 그래 무슨 일 있어?"

경묵은 미소를 머금은 채 정혁에게 대답했다.

"무슨 일이 있기는 어디에 있어요! 오늘 해야 할 일이 이 곳에 있죠! 사랑과 희망이 가득한 우리 북경각 주방 안에!"

정혁은 경직된 표정으로 경묵을 위 아래로 한 번 훑어본 후에 천천히 말을 이어나가기 시작했다.

"이야, 내가 나이를 먹긴 먹었나봐. 살다살다가 네가 웃으며 나를 반겨주는 아침을 맞이해보네."

"언제는 울면서 반겨주었습니까?"

"아니지."

정혁은 탈의실로 걸음을 옮기며 말을 덧붙였다.

"반겨준 적이 없었지……."

경묵의 입가에는 미소가 떠날 줄을 몰랐다.

재료 밑 작업을 마친 뒤, 아침 식사를 마치기도 전에 손님들이 들어오기 시작했다.

정혁과 경묵은 밥공기를 반도 비우지 못한 채로 주방에 들어가야 했다.

주문 전화에는 불이 붙은 듯 벨소리가 끊이지 않았고, 경묵은 연신 미소를 지은채로 면을 삶아냈다.

보다 못한 정혁이 장난기 가득한 어투로 물었다.

"야 인마 네 가게냐? 뭐가 그렇게 좋다고 웃고 있어?"

"형님, 저는 입사 이래로 쭉 제 가게라는 생각으로 일해왔습니다."

"웃기고 자빠졌네. 그럼 연래춘처럼 맛있게 좀 해봐."

"조만간입니다 형님!"

언중유골이었다. 경묵의 대답에는 확연한 진심이 담겨 있었다.

진짜 각성을 한 마당에 경묵이라고 해서 연래춘의 주방 장같은 맛을 내지 못하리라는 법은 없었다.

이내 주문지가 주방 벽에 잔뜩 붙었다.

둘이서 하기에는 벅찬 양 이였지만, 정혁과 경묵은 호흡이 정말이지 잘 맞았다.

점심시간이 지나면 퇴근하는 주방이모의 역할도 분명히 컸다. 주방이모가 근무시간 내내 설거지를 도맡아 해주신 덕분에 꼬이지 않고 일을 할 수 있는 것이었다.

3시 가까이 돼서야 주방 벽에 붙은 주문지가 바닥이 났다. 그제야 점심 장사가 끝을 내린 것이라고 할 수 있었다.

늘 이렇게만 장사가 되면 좋겠지만, 애석하게도 오늘 주문량이 평소보다 배로 많은 것 뿐이었다.

정혁은 정수기에서 갓 담아낸 물을 벌컥벌컥 들이켜보이고는 경묵에게 말했다.

"이야, 오늘 무슨 날이래? 사장님 계 타셨는데?"

"그러게요, 점심 장사 대박이네요."

"사부는 담배를 한 대 태우고 올 테니 우리 허접은 밑 작업을 마저 하도록!"

"알겠습니다, 사부!"

뒤 돌아서 주방 안을 빠져 나가던 정혁이 뒤돌아서서는 다시금 경묵에게 시선을 둔 채로 물었다.

"경묵아, 왜 그래 정말? 형이 걱정이 돼서 그래."

"뭐가 말씀이십니까?"

"야, 평소 같았으면 가위, 바위, 보로 정하자는 등 자기는 이미 하산한 제자라는 둥 하던 녀석이 군말 없이 하겠다니까 그러지……."

경묵은 고민하다가 정혁에게 만큼은 털어놓아도 되겠다고 결론을 짓고는 입을 뗐다.

"형님, 안에서 할 이야기는 아니고 잠시 같이 나갈까요?"

이내, 의아하다는 듯 고개를 한 번 기웃해 보인 정혁이 경묵에게 다가선 후에 귓가에 대고 속삭이듯 물었다.

"경묵아, 너 로또라도 맞았어?"

"아직 잘은 모르지만 어쩌면, 로또보다 더 대단한 것 일 수도 있어요."

이윽고 경묵은 가게 뒷문에서 정혁에게 자신이 각성을 했다는 사실을 털어놓았다. 정혁은 크게 놀랐다가 이윽고 크게 상심한 듯 의기소침한 목소리로 말하였다.

"이야, 경묵아 정말 잘 됐다. 그런데 이제 못 본다고 생각하니까 조금 아쉽네. 그래도 가끔씩은 연락하고 지내자."

"예?"

경묵이 놀라 되묻자, 정혁은 어깻짓을 한 번 해보인 후에 힘 없는 목소리로 말을 이어나가기 시작했다. 말을 이어나가는 정혁의 눈빛에는 슬픔이 잔뜩 어려 있었다.

"각성자가 됐으면 너도 이제 세계 각지의 던전들을 돌아다니면서 떼돈을 벌 것 아니냐? 나도 이제 각성자 친구가 하나 생겼네, 반은 기분 좋고 반은 별로다."

이내 경묵이 손사래를 한 번 쳐 보이고는 말했다.

"제가 북경각을 떠나긴 왜 떠나요 형님? 북경각은 떠나도 형님 곁은 안 떠나죠. 저는 최고의 중국집을 만들 거 에요."

"뭐?"

잘못들은 것인가 싶을 만큼 허무맹랑한 이야기에, 정혁이 눈을 가늘게 뜬 채로 의구심 가득한 목소리로 경묵에게 되물어보였다. 경묵은 진한 웃음을 한 번 지어보인 후에 말했다.

"형이랑 같이 정말 최고의 중국집을 만들어 볼 거에요. 연래춘을 뛰어넘는 정말 최고의 중국집 말이에요."

⬤

정혁은 미리 발주를 해야하는 식재료가 없는지 둘러보고 있었고, 담소 겸 잠깐의 휴식을 마친 경묵은 다시 주방으로 돌아와 재료 밑 작업을 하기 시작했다.

보통 전날에 썰어둔 야채로 당일 장사를 하는 셈이었는데, 칼질이 상당히 숙련되어 있다지만, 그래도 양이 양이다보니 한참이 걸리는 작업이었다.

경묵이 거의 모든 재료를 다 썰고 당근을 썰어내던 때쯤이었다. 갑자기 들려온 경쾌한 알림음과 함께 눈앞에 상태창이 나타났다.

띵-!
[소드마스터리 LV.3] -> [소드마스터리 LV.4]
[스킬의 레벨이 상승되었습니다.]

상태 창은 손으로 살짝 치워내 보이자, 옆으로 밀리다가 눈앞에서 사라졌다. 아랑곳하지 않고 칼 질을 이어나가기를 잠시, 어느새 자신이 정혁보다 더 능수능란하게 칼질을 하고 있는 것이 아니던가? 정말이지 신기한 노릇이었다.

탁탁탁탁탁-!
칼이 대차게 도마를 두드리는 소리에 놀란 정혁이 경묵을 돌아보았다.

"야, 너 그러다가 손 써는 거 아니야?"

"허, 저도 지금 뭐가 뭔지 모르겠어요. 갑자기 칼질이 더 잘되네요."

정혁은 한참동안 경묵이 칼질을 하는 모습을 넋을 놓고 바라만 보았다.

정말 대단한 속도였다. 속도도 속도거니와, 두께도 완벽했다. 속도에만 편중되어있는 칼질이 아니라, 정확성까지 겸비하고 있었다.

이런 실정이다보니 경묵은 소드마스터리 스킬의 스킬 레벨이 LV5가 되면 어떻게 되는 것인지 궁금해졌다.

'식재료를 다듬다보면 자연스레 레벨이 오르는 것이구나.'

야채 써는 것을 마친 경묵은 다시 스킬 창을 열어보았다. 소드마스터리를 다시금 훑어보다가 자세히 보고 싶다는 생각을 했을 때, 그 옆으로 부가 설명이 나타났다.

――――――――――――――――――――

[소드마스터리 LV.4]
칼을 현란하게 다룰 수 있습니다. -> (EXP: 8.83%)
기본 지속 스킬.

――――――――――――――――――――

야채 다듬기를 거의 마쳤을 때에 한 번 레벨이 올랐는데도 불구하고 8.83%나 올라있었다. 늦어도 3일 안에 LV5에 도달할 것 같았다. 가슴이 두근댔다. 특별한 조리 스킬도 레벨을 올리고 싶은 욕심이 생기고 있었다. 특별한 조리 스킬을 상세히 보고 싶다고 생각했을 때는, 의외의 창이 나타났다.

[특별한 조리 LV.3] -> '이미 MAX 레벨에 도달 하였습니다.'

같은 음식을 조리하더라도 조금 더 맛있게 조리할 수 있습니다.

기본 지속 스킬.

특별한 조리 기술은 이미 MAX레벨에 도달하여 더 이상 올릴 수가 없는 상태였다. 요리와 관련된 다른 스킬들의 종류를 살펴보고자 상점을 열고는, 검색기능을 이용하여 '조리'를 키워드로 하여 검색하자, 스킬이 아니라 수많은 조리도구가 떠올랐다.

'이게 아닌데…….'

우측을 자세히 보니 마치 인터넷 쇼핑몰 웹 사이트 마냥, 카테고리를 선택할 수 있는 기능이 있었다. 경묵은 '스킬북'을 제외한 모든 카테고리를 해제했다. 그때 조리와 관련된 스킬 북들이 나타났다.

[완벽한 조리법]

설명 : 특별한 조리가 MAX 레벨에 도달하면 익힐 수

있습니다.

등급 : 일반

가격 : 50 GEM

[천국의 조리법]

설명 : 완벽한 조리가 MAX 레벨에 도달하면 익힐 수 있습니다.

등급 : 특수

가격 : 5000 GEM

[조리 가속]

설명 : 모든 음식의 조리 속도를 단축시킬 수 있습니다.

등급 : 일반

가격 : 50GEM

[순간 조리]

설명 : 조리 가속이 MAX 레벨에 도달하면 익힐 수 있습니다.

등급 : 특수

가격 : 5000GEM

[더 보기]

————————————————————————

이 4권의 스킬 북을 제외하고도 수많은 조리 관련 스킬 북이 있었으나 당장 눈에 들어오는 것은 이 4권이 전부였다. 어쨌든 빈털터리라는 점을 감안해본다면 모두 하나같이 그림의 떡인 셈이었다.

경묵은 아쉬움을 뒤로 한 채 상점 창을 닫아내 보이고는 손질한 야채를 봉지에 담아 냉장고 안에 넣어두었다.

우선, 모르긴 모르더라도 하루아침에 칼 솜씨에 큰 변화가 찾아왔다, 그렇다면 저 '순간 조리' 나 '천국의 조리법' 과 같은 스킬을 익히고 MAX 레벨에 도달하게 되면 어떠한 음식이 탄생하는 것인지가 너무도 궁금했다. 가장 궁금한 것은 대체 저 GEM이라 통용되는 화폐는 어디에서 어떠한 경로를 통해서 구할 수 있는 것인지였다.

'어쩌면 연래춘의 주방장은 정말 각성자 일지도 모르겠구나.'

이렇게 스킬과 조리 능력치에 대해 알고 나니 경묵이 그간 해온 노력들이 조금 허무하게만 느껴졌다. 그래, 어쩌면 자신에게 찾아온 각성은 그간의 노력에 대한 보상일지도 모른다는 생각이 들었다. 어쨌든 기왕 이렇게 된 것이 마법같은 기능들과 힘을 이용하여 제대로 이용하여 맛의 정점에 서보자. 사람들이 정말 행복해하는 요리를 만들어보자. 경묵은 그렇게 의지를 다졌다.

저녁시간은 항상 점심시간보다 한가했다. 영업을 마치

는 대로 각성자 협회에 걸음을 할 예정이었는데, 조바심 탓인지 시간이 오늘따라 더디게 가는 듯 느껴졌다. 마음속으로 초침을 계속해서 재촉하던 경묵은 주방마감을 재빠르게 마치고는 가장 먼저 탈의실에 들어가서는 옷을 갈아입고 나왔다.

아무것도 모르는 사장이 경묵에게 물었다.

"오늘 애인이라도 만나러 가나봐?"

"있으면 만나러 가겠죠. 애인은 아니고 중요한 약속이 있어서요, 오늘은 이만 먼저 들어가 보겠습니다!"

그 길로 가게 문을 열고나선 경묵은 할머니께 전화를 드리고 각성자협회로 걸음을 옮겼다. 각성자 협회는 대중교통을 이용해도 20분밖에 걸리지 않는 곳에 위치해 있었다. 생각보다 차가 막히지 않아 예상한 것보다 더 금방 도착했다. 경묵은 각성자 협회 건물을 올려다보았다.

정말 으리으리했다.

'이렇게 높은 건물이 필요하긴 한 건가?'

안으로 발을 들이려던 경묵을 막아선 것은 입구에 서있던 가드 2명이였다. 그들은 검은 정장에 검정 선글라스를 착용하고 있었고, 둘 다 체격이 심각하게 건장했다.

"각성자 라이센스가 있으십니까?"

둘의 위압감에 짓눌린 경묵은 자신도 모르게 말을 더듬고 있었다.

"아, 아니요. 오늘 라이센스를 발급 받으러 왔습니다."

가드 2명은 한참동안 경묵을 가만히 바라보다가 입을 뗐다.

"안에 들어가면 정확한 검사를 받게 됩니다. 만약 각성자가 아니신 경우 걸음을 돌려주십시오."

"아닙니다. 각성자가 맞습니다."

가드들이 경묵에게 들어가라는 손짓을 해 보였다. 각성자협회도 공공기관이기 때문에, 일반인이 거짓말을 하고 안으로 들어설 수는 있지만 검사 후 각성자가 아니라는 것이 밝혀지게 되면 공무 집행방해 죄를 물어야 했다.

경묵은 설레는 마음으로 각성자 협회 건물로 걸음을 옮겼다.

회전문을 지나서 들어온 건물 로비 내부는 외관보다 훨씬 더 대단했다.

인포메이션의 여성이 경묵에 물었다.

"어떤 용무로 오셨습니까?"

"각성자 라이센스를 발급 받으러 왔습니다."

"3층으로 가시겠습니까?"

경묵은 곧장 엘리베이터에 몸을 싣고는 3층으로 향했다. 엘리베이터가 3층에 도착하고 문이 열리자마자, 정면에 탁상이 보였다. 천장에는 '접수'라는 푯말이 붙어 있었다.

탁상에 앉은 남자는 의자를 뒤로 젖힌 채 탁상위에 발을 올린 자세로 깊은 잠에 빠진 듯 보였다.

경묵이 탁상에 앞에 섰는데도 불구하고 그는 깊은 잠에 빠져있었다.

"저기……."

남자는 여전히 깊은 잠에 빠져있었다.

"저기요!"

"아, 예."

그제야 남자가 잠이 덜깬 눈을 비비며 게슴츠레하게 뜬 눈으로 경묵을 응시했다.

"접수비는 5만원 이구요, 각성자 확인 검사 겸 적성 검사 후 라이센스 바로 발급됩니다."

경묵은 생각보다 비싼 가격에 조금 당황한 눈치였다. 남자는 그런 경묵의 표정을 읽기라도 한 것인지, 무미건조한 목소리로 말을 덧붙였다.

"카드결제 가능하세요."

경묵은 그제야 자신의 낡은 지갑에서 카드를 꺼내서는 남자에게 건네고 기본적인 인적사항을 작성했다. 신분증과 함께 남자에게 건네고 잠시 동안 앞에 서서 기다렸다.

남자는 경묵에게 왼쪽으로 가라고 손짓을 해 보였다.

경묵이 복도를 따라 왼쪽으로 들어갔을 때, 검사실이 눈에 들어왔다.

각성자 확인 검사실의 문을 열고 들어갔을 때 눈앞에는 캡슐같이 생긴 기계가 여러 대 있었고, 벽에 달린 스피커에서 접수를 해준 남자의 음성이 들려왔다.

"들리세요? 들리시면 오른손 들어보이세요."

경묵은 오른손을 들어 보였다.

"제일 왼쪽 캡슐에 누워계시면 됩니다. 편한 자세로 잠깐 누워계시면 되요."

경묵은 가장 왼쪽 캡슐 앞에 섰다가 신발을 벗었다. 왠지 비싸게 생긴 기계라서 본인도 모르게 신발을 벗은 것이었다. 그때, 남자의 웃음기 섞인 목소리가 들려왔다.

"임경묵씨, 신발은 안 벗으셔도 되요."

경묵은 부끄러운 마음에 잽싸게 캡슐 안에 몸을 뉘였다. 경묵이 누운 지 몇 초 지나지 않아 캡슐의 덮개가 덮였다. 검사는 채 5분도 걸리지 않았다. 캡슐의 덮개가 다시 열리고 남자의 음성이 들려왔다.

"접수하신 곳으로 오시면 됩니다."

접수처로 돌아가자 남자는 종이 한 장과 라이센스를 내밀었다. 종이 가장 상단에는 각성자 협회 공식홈페이지 가입을 위한 코드가 적혀있었다. 자신의 능력치와 함께, 검사항목이 모두 일치한다는 문구가 한 줄 쓰여 있었다. 라이센스는 생각보다 별 볼일 없었다. 그 가치야 엄청난 차이가 있지만, 외관상으로는 운전면허보다도 못한 수준의 라이센스였다.

[초급각성자 라이센스]

이름 : 임경묵

나이 : 21세

혈액형 : B형

제1 직업군 : 버퍼

제2 직업군 : 강화사

우측에는 자신의 신분증에 들어가 있던 사진이 그대로
들어가 있었다. 남자는 경묵에게 사무적인 말투로 말했
다.

"접수비용은 환불이 안 되고요, 초급 라이센스로 전 세
계 초급 던전 모두 입장 가능하십니다. 중급 라이센스 발
급 자격 되실 때 다시 갱신 하시면 되고요."

남자는 경묵을 힐끔 올려다보며 물었다.

"따로 궁금하신 사항 있으십니까?"

"없습니다."

남자는 고개를 끄덕이고는, 다시 입을 뗐다.

"초기 지원 자금으로 초급 강화석 10개와, 500GEM 지
급되었으니 확인 한 번 해보시구요. 잘 생각하셔서 신중
하게 사용하시기 바랍니다."

경묵은 그제야 아! 하는 소리와 함께 남자에게 물었다.

"아 맞다, GEM은 어떤 경로로 획득할 수 있는 건가요?"

"던전에서 몬스터를 잡으면 그 종류에 따라서 다른 양의 GEM이 자동으로 갱신됩니다. 그 밖의 궁금하신 사항들은 공식홈페이지에 상세하게 기재되어 있습니다."

남자의 사무적인 말투에 경묵은 고개를 끄덕이고는 차라리 집에 가서 확인해보아야겠다고 결심했다.

"예 감사합니다."

"예 안녕히 가세요."

남자는 경묵이 엘리베이터를 타기도 전에 다시 의자를 뒤로 젖히고 탁상위에 발을 올린 채 지그시 눈을 감았다.

'밥맛이네 개자식. 저거 완전히 근무 태만 아니야? 확 민원이라도 넣어버려?'

경묵은 엘리베이터를 기다리며 상점을 열어 곧장 마음에 두고 있었던 스킬 북 2권을 구입했다.

―――――――――――――――――――――――――――

[완벽한 조리법]

설명 : 특별한 조리가 MAX 레벨에 도달하면 익힐 수 있습니다.

등급 : 일반

가격 : 50GEM

[조리 가속]

설명 : 모든 음식의 조리 속도를 단축시킬 수 있습니다.

등급 : 일반

가격 : 50GEM

――――――――――――――――――――

두 권을 도합 100GEM에 구입하였다. 구입확인을 하자
마자 인벤토리로 배송되는 시스템이었다.

'우와 이거 엄청 편리한 기능이구나.'

인벤토리를 열어 꺼내겠다는 생각만 했는데도 불구하
고 책 두 권이 허공에 생겨났다. 경묵은 갑작스레 눈앞에
나타난 책 두 권을 받기위해 허둥지둥 댔다. 스킬을 익히
는 방법은 생각보다 너무나도 간단했다. 스킬북이 손에
닿자마자 상태창이 눈앞에 나타났다.

[완벽한 조리법 스킬을 습득 하시겠습니까?]

머릿속으로 '예' 라고 생각을 하자마자 스킬 북이 사라
지며 새로운 지식이 머릿속으로 들어오는 기분이 들었다.
머리가 살짝 지끈거렸지만 기분이 나쁘지는 않았다.

이번에는 조리 가속 스킬 북의 책장 위에 손을 얹어보
이자, 마찬가지로 눈앞에 곧장 상태 창 하나가 나타났다.

[조리 가속 스킬을 습득 하시겠습니까?]

전과 마찬가지로 '예' 라고 생각을 하자마자 스킬 북이
사라졌다. 마찬가지로 새로운 지식들이 생겨나는 느낌이

들었다. 전보다 더 머리가 지끈거렸다. 이번에 갑작스레 찾아온 고통은 단순한 편두통으로 치부하기에는 정도가 조금 심했다. 이를 악 물고 이마를 매만지던 경묵이 속으로 생각했다.

'한 번에 많은 스킬 북을 익히는 것은 페널티가 있을지도 모르겠구나, 이것도 한 번 알아봐야겠다.'

어쨌든 협회를 나서는 경묵의 발걸음은 가벼웠다. 라이센스를 지갑 안에 넣고, 검사결과표도 잘 접어서 외투 안주머니에 넣었다.

'1직업군이 버퍼고, 2직업군이 강화사라…….'

자신이 생각한 직업과는 조금 다른 직업군 들이었다. 던전 안에서 괴수들과 싸우는 것이 보편적인 각성자에 대한 인식인지라, 뭐 마법사 내지 전사 등을 상상했는데 버퍼와 강화사라…….

다른 사람들은 보편적으로 어떤 직업군을 갖고 있는지에 대해서 알아보고 싶었다. 아는 것이 많아지면 많아지는 만큼 덩달아 호기심도 늘어만 갔다.

얼른 각성자 협회 공식 홈페이지의 정보 게시판에서 이런저런 궁금증을 해소하고 싶은 마음에 조바심이 났다.

경묵은 건물을 나서자마자 택시에 몸을 실었다. 택시 뒷좌석에서도 상점을 열어 보았다. 이번에는 검색란에 중화 칼을 검색해 보았다. 어떤 것이 또 필요할지 모르니,

이번에도 100GEM 정도만 사용할 예정이었다.

[낡은 중화칼]

등급 : 낮음

공격력 : 8

설명 : 낡은 중화 칼

가격 : 30GEM

너무 놀부심보였나? 100GEM 이하의 금액으로 구입할 수 있는 대부분의 물건들이 지금 북경각 주방에서 사용하는 것보다도 못한 칼들이었다.

'이건 안 되겠군.'

고개를 한 번 내저어 보인 경묵은 굴하지 않고 천천히 훑어보기 시작했다. 발품을 판다고 표현을 하기에도 뭣한 상황이지만, 자고로 싼 가격에 좋은 물건을 구입하는 방법은 단순했다. 많이 돌아다니고 많이 물어 본 자 만이 싼 가격에 좋은 물건을 살 수 있는 법. 그리고 그렇게 한참동안 상점 창을 훑어보던 경묵은 한 줄기 빛과 같은 아이템 하나를 발견할 수 있었다.

[중급 대장장이의 중화 칼]

등급 : 일반

설명 : 중급 대장장이가 만든 중화칼

공격력 : 16

가격 : 80GEM

————————————————————————————

'아무래도 이게 제일 제격인 것 같네.'

경묵은 상세 설명을 한 번 훑어본 후에 망설임 없이 바로 구입했다.

이제 남은 GEM은 320GEM이었다. 이제 와서 생각을 해보니 쓸데없는 곳에 GEM을 낭비한 것은 아닐까 싶은 걱정이 들었다.

마음 같아서는 지금 당장이라도 인벤토리에서 칼을 꺼내서 살펴보고 싶었다만, 차마 인벤토리에서 꺼내 볼 수는 없었다. 택시기사가 룸미러로 갑자기 칼을 빼들고 있는 자신을 보면 크게 놀랄 것이 분명했다. 또한 인벤토리에서 물건을 꺼내는 것이 숙련되지 않은 탓에 걱정도 되었다. 책이야 허둥지둥 대며 어떻게 받아도 괜찮다지만, 날이 잘 선 칼을 잘못 받기라도 한 다면? 탁 트인 공간에서 아이템을 꺼내는 연습도 해야겠다는 생각이 들었다.

그리고 그 때, 인벤토리 안의 초급 강화석 10개가 떠올랐다. 곧바로 스킬 창을 열어보고 강화를 시전하자 상태

창이 떠올랐다.

　[강화할 아이템을 고르십시오.]

　경묵은 마음속으로 중급 대장장이의 중화 칼을 떠 올리자, 곧바로 다른 상태창이 나타났다.

　[초급강화석 1개를 소모합니다. 강화를 진행하시겠습니까?]

　경묵이 작게 소리 내어 '예' 하고 대답을 해 보였다. 택시기사가 룸미러로 경묵을 잠시 훑어보고는 눈이 마주치기라도 할 새라 다시금 앞 유리로 시선을 옮겼다. 택시기사가 룸미러로 경묵을 살펴 본 것은 이번이 처음이 아니었다. 중간, 중간 말이라도 붙여볼까 하여 룸미러를 통해 바라보았을 때, 입으로 무어라 혼잣말을 중얼거리며 허공을 바라보고 있는 경묵을 보고는 금세 그런 생각을 접어버렸다.

　띵-!띵-!띵-!

　그리고 그 때, 다시금 경쾌한 알림음과 함께 경묵의 눈앞에 상태 창 몇 개가 연달아서 나타나기 시작했다.

　[축하합니다. 중급 대장장이의 중화 칼 강화에 성공하셨습니다.]

　[+1 중급 대장장이의 중화 칼이 되었습니다.]

　[첫 강화에 성공하셨습니다.]

　[초급 강화사 칭호를 얻었습니다.]

'……뭐야 이거?'

경묵은 곧장 자신의 상태 창을 열어서 확인해 보았다.

이름 : 임경묵

레벨 : 1 (EXP:0.0%)

칭호 : 초급 강화사 (HP+5)

HP : 55 (+5)

MP : 50

근력 : 11

지력 : 10

민첩 : 12

지혜 : 8

특수 능력치

조리 : 15

상태 창에 칭호가 나타났고, 칭호의 효과로 HP가 5 증가했다. 뭐, 큰 수치는 아닌듯하지만 어떻게 생각하면 10분의1이나 증가한 셈 이였다. 경묵은 곧장 다시 강화를 시도하려 마음 먹었다. 다시금 눈앞에 나타난 상태 창은 미묘한 변화를 거친 상태였다.

[초급강화석 2개를 소모합니다. 강화를 진행하시겠습

니까?]

아무래도 첫 강화에는 한 개, 두 번째 강화에는 두 개, 세 번째에는 세 개, 이런 식으로 소모되는 강화석의 개수가 증가하는 듯 보였다. 경묵은 고민의 여지없이 강화를 결심했고, 다시 한 번 +1 중급 대장장이의 중화 칼과 초급 강화석이 합쳐지는 이펙트가 눈앞에 나타났다. 그리고 곧바로 익숙한 상태창이 나타났다.

띵-!

[축하합니다. 중급 대장장이의 중화 칼 강화에 성공하셨습니다.]

[+2 중급 대장장이의 중화 칼이 되었습니다.]

이번에는 아이템 창을 열어 +2 중급 대장장이의 중화 칼의 옵션을 확인해 보았다.

[+2 중급 대장장이의 중화 칼]

등급 : 일반

설명 : 중급 대장장이가 만든 중화 칼

공격력 : 22 (+6)

가격 : 80GEM

강화옵션 : 서걱서걱 -〉 식재료를 쉽게 절단할 수 있습니다.

공격력 추가치가 6이 붙어있었고, 강화 옵션이 생겼다. 서걱서걱? 너무 대충 지은 이름이라는 점에서 살짝 불만이 일기야 했지만, 명시되어있는 효과만 놓고 본다면 흡족한 강화 옵션이었다. 공격력 추가치가 6인 것으로 미루어 보아, 첫 강화에서는 2만큼, 두 번째 강화에서는 4만큼 추가치가 붙은 모양이었다.

뭐, 물론 강화를 두 번이나 거쳤다지만…….

그래도 무기 삼아 휘두르기에는 영 불안한 몰골이라는 생각이 들었다.

어느새 택시가 집 앞에서고, 경묵은 요금을 지불한 후에 택시에서 내렸다.

"자, 그럼 어디한번 정보를 수집해 볼까나?"

경묵이 콧노래까지 흥얼대며 도어락을 해체하고 현관문을 열었을 때, 할머니는 곤히 잠들어 계셨다. 최대한 소리를 내지 않고 방에 들어온 경묵은 곧장 컴퓨터 전원을 켜고 옷을 갈아입었다. PC앞에 앉은 경묵은 외투 안주머니에서 검사결과표를 꺼내 회원가입 코드를 확인하였다. 회원가입 절차랄 것도 없이, 각성자 라이센스와 함께 지급받은 종이에 적혀있던 코드를 기입하자마자 로그인이 되었다.

'오호, 제법 편리하게 구성해놓았는데?'

경묵은 이것저것 찾아보기 시작했다. 우선은 직업군 관

련 게시판을 눌러 확인했다. 카테고리를 버퍼와 강화사로 설정하고 보았는데, 버퍼라는 직업은 간간히 보였으나 강화사는 좀처럼 보이지 않았다.

'아무래도 스텟을 어떻게 올려야 하는지에 대한 조언은 구하기 힘들겠구나….'

다음은 가장 통용적인 기본 가이드를 읽어보았다.

가이드에서는 받은 GEM으로 자신의 직업군에 맞는 무구를 구입하라 하였다. 경묵은 이미 중화 칼을 구입하였으니 무기는 별도로 필요하지 않다고 생각했다.

다음은 장비였다. 공략(?)에 따르면 지급받은 초기 지원 자금을 사용하여 상점에서 팔고 있는 초보각성자의 무구 세트를 구입하면 간단히 해결되는 일이라 하였는데, 가격이 만만치 않았다. 다해서 무려 200GEM이나 하는 거액에 판매되고 있었다.

한참을 망설이던 경묵은 무언가 큰 결심이라도 한 듯 이글거리는 눈으로 상점을 연 후에, 초보각성자의 무구 세트를 구입을 마쳤다.

말 그대로 총알배송, 이후 곧장 인벤토리로 배송된 무구 세트를 꺼내 보았다.

초보각성자의 무구 세트는 상상과는 달리 반지2개와 목걸이 한 개 흰색 면 티셔츠 한 장으로 구성되어 있었다. 없어보이는 가죽 각반이나 가죽 갑옷같은 것을 상상했던 것이 괜스레 부끄러워졌다.

　어쨌든 경묵은 구입한 물건들의 상세 효과를 찬찬히 살
펴보기 시작했다.

　[초심자의 반지]

　등급 : 일반

　설명 : 초심자의 반지

　공격력 : +3

　마력 : +3

　구리를 녹여 만든 것 같은 반지 2개는 옵션이 같았다.
공격력과 마력을 3씩 올려준다. 아직은 좋다 어떻다 구분
을 하기에 아는 것이 너무 없었다. 평소에 끼고 다니는 데
에는 조금 무리가 있어보였다. 반지는 끼고 다니면 스타
일 구리다고 손가락질 당하는 것은 식은 죽 먹기보다 쉬
운 일일 것이라는 생각이 들 정도로 촌스러운 디자인이었
다.

　[초심자의 목걸이]

　등급 : 일반

　설명 : 초심자의 목걸이

　공격력 : +3

마력 : +3

추가옵션 : 특수능력치 + 3

목걸이는 공격력과 마력을 3씩 올려주는 부분에서는 반지와 일맥상통하였지만, 반지보다 더 마음에 드는 사항인 추가옵션이 붙어 있었다. 특수능력치가 3 증가한다는 말을 경묵에게 대입해 보면, 조리 능력치가 3증가한다는 것. 조리 능력치 3이 얼마 정도 되는 수치인지는 정확히 할 수 없으나, 현재 자신의 조리 능력치가 15인 점을 감안해보면 절대로 낮은 수치는 아니다.

득의의 미소를 지어보인 경묵은 곧장 다음 물건을 살펴보기 시작했다.

[초심자의 면티]

등급 : 일반

설명 : 초심자의 면티

방어력 : +10

HP : + 30

MP : + 30

추가옵션 : 여름엔 시원하고 겨울엔 따뜻하다.

모양 안나는 가죽 갑옷도 아니고, 고작 티셔츠 한 장이

방어력을 10이나 올려주고 HP,MP를 각각 30씩이나 올
려주었다. 더군다나 딸려있는 추가옵션도 나쁘지 않았다.

경묵은 모든 장비를 착용한 후에 자신의 상태 창을 열
어 한 번 살펴보았다. 물론 남들은 어찌 생각할지 몰라도
경묵에게 만큼은 보물 같은 [+2 중급 대장장이의 중화
칼] 도 오른손에 꽉 쥔 상태였다.

————————————————————

이름 : 임경묵

레벨 : 1 (EXP:0.0%)

칭호 : 초급 강화사 (HP+5)

공격력 : +31 (+31)

마력 : +9 (+9)

HP : 85 (+35)

MP : 80 (+30)

근력 : 11

지력 : 10

민첩 : 12

지혜 : 8

특수 능력치

조리 : 18 (+3)

————————————————————

공격력과 마력 상태창이 나타났다. 기존 수치가 0이라

면 상태 창에 나타나지 않는 모양이었다. 공격력이 0이었다는 대목에서 은근 자존심이 상했다. 우선 스텟이 제법 나쁘지 않게 변화한 모습에 크게 만족하고 있었다.

'이거 이제 상태 창만 놓고 보았을 때에는 나도 제법 각성자 같은데…… 아닌가?'

어쨌든 경험자들의 가이드 글은 생각보다 큰 도움이 되었다.

수도권 인근의 초급 던전이 어디에 위치하였는지도 정확히 파악해 두었고, 각성자 협회 홈페이지를 통해 파티를 구할 수 있다는 사실도 알게 되었다. 또한 버퍼라는 직업군은 힐러 만큼이나 인기 있는 직업군이라는 사실까지 알고 나니 제법 기분이 좋아졌다. 다만 자신의 [+2 중급 대장장이의 중화 칼]이 마력을 보정해주지 않는 다는 사실이 조금 마음에 걸렸다. 한 때 잠시나마 온라인 게임을 즐겼던 한 명의 유저로서 가질 수 있는 선견지명이었다. 버퍼라면 분명 공격력보다는 마력을 기반으로 기술들을 사용할 것이 분명했다. 이내 경묵은 스킬 창을 열어 자신의 버프스킬을 확인해 보았다.

[근력 강화 LV.1]
아군이나 자신의 근력을 일시적으로 강화할 수 있습니다.

사용스킬 -〉 지속시간 180초, 근력상승 +4 (+3/ 마력
비례 0.33 계수)

MP 소모 : 30

[민첩 강화 LV.1]

아군이나 자신의 민첩을 일시적으로 강화할 수 있습니
다.

사용스킬 -〉 지속시간 180초, 민첩상승 +4 (+3/ 마력
비례 0.33계수)

MP 소모 : 30

_____

아나나 다를까, 강화 스킬들은 모두 마력비례 스킬들
이였다. 반지 2개에서 6, 목걸이에서 3, 도합 9의 마력을
보정 받고 나니, 버프의 효과가 각각 3씩 상승했다. 옆에
기재되어있는 대로 총 마력의 3분의 1만큼 효과가 상승하
는 듯 했다.

'이거 큰일이네……'

그러나 잠시 사색에 잠겨있던 경묵은 금세 생각을 고쳐
보였다.

그래, 내 본업은 버퍼가 아니야, 어디까지나 요리사지.

또한 가이드에는 레벨이 1 오를 때마다 모든 스텟이 위
에서부터 아래로 순차적으로 1씩 오른다는 내용과 함께
자율적으로 분배할 수 있는 스텟 포인트를 3개씩 받는다

는 설명글도 있었다.

그럼 자신의 라이센스에 맞는 던전을 돌 수 있는 선에서 조금씩은 요리에 나눠서 분배할 예정이었다.

굳이 목숨을 걸고 던전을 돌고 싶은 마음은 크지 않았지만 '조리' 능력치를 상승시키는 가장 빠른 길은 던전을 돌며 괴수를 사냥하는 일이었다.

지난 3년간 상승시킨 조리 능력치가 15라면, 해마다 5만큼의 성장률을 기록했다는 이야기인데, 던전을 돌아 1레벨 당 2정도만 투자를 하더라도 조리 능력치는 장족의 발전을 이룩하는 셈이었다.

이렇게 생각해보고 나니, 목걸이에 붙어있던 조리 능력치 상승효과도 절대 무시할 수 있는 수준이 아니라는 생각이 들었다.

어쨌든 경묵은 계속해서 정보 게시판을 살펴보았다.

이 밖에도 중급 라이센스를 발급받으려면 상태 창에 표시된 레벨이 10이 되어야 한다는 사실과 함께 여러 사실들을 알 수 있었다.

궁금증이 하나, 둘 씩 해결되자, 속이 후련해졌다.

경묵은 다시 상점을 열어 보았다.

이제 수중에 남은 120GEM으로 살 수 있는 스킬 북이 있는 지를 둘러보았다.

던전을 돌 때에 최대한 도움이 되는 스킬북을 구입하여

습득하고자 했다.

낮은 가격 순으로 먼저보기 설정을 한 뒤에, 직업군은
버퍼와 강화사로 두었다.

————————————————————————

[도주]

설명 : 생명의 위협을 느껴 도망칠 때에 이동속도가 대
폭 상승합니다.

등급 : 일반

가격 : 50 GEM

형태 : 기본지속 스킬

[자가회복]

설명 : 가만히 멈춰 서 있을 때의 HP와 MP 회복량을
상승시켜줍니다.

등급 : 낮음

가격 : 10GEM

형태 : 기본지속 스킬

[평정심]

설명 : 긴박한 상황에서도 평정심을 유지할 수 있게 됩
니다.

등급 : 일반

가격 : 50GEM

형태 : 기본지속 스킬

[마나화살]

설명 : 마나로 된 화살을 날려 적을 공격할 수 있게 됩니다.

등급 : 일반

가격 : 50GEM

형태 : 사용 스킬 : 1레벨 공격력 -〉 30 + (마력 0.5계수)

　　MP소모량 -〉 1레벨 15

가장 기본적인 마법계열 직업군의 스킬 북 4가지가 나온 모양이었다. 근접전투와 관련된 스킬 북들은 익힐 수 없다는 글이 적혀있었다.

검색된 스킬 북의 종류는 총 네 개, 그리고 그 중 50GEM짜리가 세 권, 10GEM짜리가 한 권. 수중에 있는 GEM이라고 해보아야 120GEM이 전부이니, 10GEM짜리 스킬인 자가회복을 제외하면 2개의 스킬을 습득하는 것이 고작일 터.

경묵은 우선 별 고민 없이 [자가회복] 스킬 북을 구입하였다.

이로서 수중에 남은 GEM은 고작해야 110GEM.

도주, 평정심, 마나화살. 이 세 개의 스킬 북 중에 두 권 밖에 습득하지 못하는 상황이었다. 그래도 어쨌든 공격마법이 하나쯤은 있어야겠다는 생각이 들어 마나화살 스킬 북을 구입했다.

이로서 남은 GEM은 60GEM.

결국 평정심과 도주 중 한 개의 스킬 북을 골라야하는 상황이었다.

경묵은 오랫동안 고민한 끝에 평정심을 구입한 뒤, 상점 창을 닫았다. 아무래도 평정심을 유지하며 마나화살을 날리며 조금씩 거리를 두는 것이 더 나은 선택이라는 생각이 들었기 때문이다.

이젠 정말 조금 강해진 느낌이었다.

경묵은 인벤토리에서 새로 산 스킬북 3권을 모두 꺼내어 익히기 시작했다.

띵-!띵-!띵-!

[평정심 스킬을 습득 하였습니다.]

[마나화살 스킬을 습득 하였습니다.]

[자가회복 스킬을 습득 하였습니다.]

[스킬북 5권을 구입하여 습득 하였습니다.]

[독서광 칭호를 획득 하였습니다.]

한번에 3권의 스킬 북을 연달아서 습득하였더니 머리

76 각성 1
북경각

가 깨질 듯 아파왔다. 업신여길 수 없는 지독한 고통에 인상을 찡그려 보인 경묵은 눈앞에 나타난 상태 창을 훑어본 후에야, 간신히 웃음을 지어 보였다. 독서광? 나랑은 잘 안 어울리는 말인데……. 어쨌든 중요한 것은 어울리느냐 아니냐가 아니라 효과였다 이윽고 다시금 상태 창을 한 번 살펴보기 시작했다.

이름 : 임경묵

레벨 : 1 (EXP:0.0%)

칭호 : 초급 강화사 (HP+5)

독서광 (지력 +3 지혜 +3)

공격력 : +31 (+31)

마력 : +9 (+9)

HP : 85 (+35)

MP : 80 (+30)

근력 : 11

지력 : 13 (+3)

민첩 : 12

지혜 : 11 (+3)

특수 능력치

조리 : 18 (+3)

다른 건 잘 모르더라도 지혜가 올라갔다는 사실 하나 만큼은 정말 마음에 들었다. 그리고는 연달아 스킬 창을 열어 새로 습득한 스킬들을 확인해 보았다. 새로 습득한 스킬의 개수는 총 세 개. 자가회복, 마나화살, 평정심 이었다.

[자가회복 LV.1]

설명 : 가만히 멈춰 서 있을 때의 HP와 MP 회복량을 상승시켜줍니다. (초당 +0.1)

형태 : 기본지속 스킬

[평정심 LV.1]

설명 : 긴박한 상황에서도 평정심을 유지할 수 있게 됩니다.

형태 : 기본지속 스킬

[마나화살]

설명 : 마나로 된 화살을 날려 적을 공격할 수 있게 됩니다.

형태 : 사용 스킬 : 공격력 -> 30 + (마력 0.5계수)

MP소모 : 15

스킬창의 스킬 개수도 제법 늘어난 것이 진짜 각성자 같다는 느낌이 들었다. 전투 관련 마법을 배워서 기분이 격양된 것인지는 모르나, 어쨌든 한 번 쯤은 던전에 가보는 것도 나쁘지 않겠다는 생각이 들었다. 더군다나 이론상으로 경묵이 가장 빠르게 조리 능력치를 올릴 수 있는 방법은 사냥이었다. 던전의 괴수를 격퇴하고, 경험치를 올려서 각성자 레벨을 올린다. 그 다음, 레벨업을 통해 얻은 포인트를 조리 능력치에 투자한다. 나중에 어떻게 생각이 바뀌게 될지는 모른다지만, 어쨌든 경묵은 게시판에 다른 사람들이 써 놓은 수많은 글들의 양식을 따라 파티를 구하는 글도 작성을 한 뒤 게시까지 마쳐 보았다.

제목 : 안녕하세요?
내용 : LV.1 버퍼입니다. 현재 근력 강화와 민첩 강화 기술이 있으며, 마법 화살 기술이 있습니다. 파티에 들어가고자 합니다. 거주 지역은 신림동입니다. 댓글이나 쪽지 주시면 답신 드리도록 하겠습니다.^^

만족스러운 듯 자신이 작성한 글을 한 번 쭉 훑어본 경묵은 모니터 전원 버튼을 대충 눌러 꺼 보인 후에, 곧장 잠자리에 들었다.

'버퍼가 인기가 많은 직업이라던데, 정말 인기가 좋으

려나?

오늘 하루 몸을 조금 혹사시킨 탓인지, 이런저런 잡 생각에 깊이 빠질 새 없이 꿀 같은 단잠이 찾아왔다. 잠든 경묵의 입가에 옅은 미소가 내려앉았다.

다음 날 아침, 사이트의 댓글을 확인해본 경묵은 깜짝 놀라지 않을 수 없었다.

'뭐지? 이 반응은······.'

경묵이 어젯밤 작성한 글 아래로만 무려 40개가 넘는 댓글이 달려있었다. 그들 모두가 경묵이 합류하기를 원하고 있었다.

2장. 꼭 무기와 장비만 강화해야해?

MODERN FANTASY STORY

각성!
북경각

각성!

2장. 꼭 무기와 장비만 강화해야해?

북경각

MODERN FANTASY STORY

　뭐, 40개가 그렇게 많은 댓글 숫자는 아니라지만 초급 각성자 구인구직 게시판의 경우 이례적인 댓글 숫자라 할 수 있었다. 그도 그럴 것이 대부분의 게시물들에 달린 댓글 숫자는 대부분 두 개 내지 세 개 정도로 통일 되어 있었다.

　어안이 벙벙했다.

　'이게 무슨 상황이지?'

　댓글 뿐만 아니라 쪽지 함에도 수십 개에 달하는 쪽지가 와 있는 상태였다. 경묵은 천천히 댓글들을 먼저 둘러보았다.

댓글 (42)

12B***** : 중급 라이센스 4명으로 이루어진 팀입니다. 버퍼님과 함께 하고 싶습니다.

1XG*****: 버퍼님, 쪽지 드렸습니다. 확인 부탁드립니다.

XTB*****: 현재 초급 던전 공략을 이미 수차례 마친 상태입니다. 연락주세요.

ASD*****: 길드 '아트리온' 입니다. 저희 길드에 오시면 많은 도움을 받으실 수 있을거라 예상됩니다.

개인 각성자 부탁해서, 팀, 조금 큰 단위로는 길드에서까지 연락이 와 있었다. 댓글을 대충 훑어 내린 경묵은 이번에는 쪽지 함을 열어 확인해 보았다.

미 확인 쪽지 (38)

KB1*****: 안녕하세요? 저희 중급 라이센스들로 이루어진 팀······

SKJ*****: 글 보고 쪽지 남깁니다. 현재 저희 길드는 버퍼님을 필요로 합······

'뭐야 버퍼라는 직업군이 이렇게 희귀한 직업군이었나? 흠······. 모르긴 몰라도 이거 신중하게 답신을 해야겠는데.'

여태껏 을의 입장에서만 살아오던 경묵이 단 하루 새에 갑의 입장이 된 것이다. 그것도 각성자들의 사이에서. 적어도 아직까지는 말이다.

수십 개의 쪽지를 무심하게 훑어 내리던 경묵은 그 중 유독 눈에 들어오는 쪽지를 하나 발견했다.

HY3*****: 글 보고 연락드립니다. 같은 버퍼로서 조언을 드리고 싶은 마음에 연락을 드렸습니다.

경묵은 같은 버퍼라는 말에 끌린 것인지, 저도 모르게 쪽지 창을 열어 내용을 자세히 읽기 시작했다.

_____

발신 : HY3*****

내용 : 글 보고 연락드립니다. 같은 버퍼로서 조언을 드리고 싶은 마음에 연락을 드렸습니다.

물론 무상으로 조언들을 해드릴 순 없습니다. 제가 제시할 조건이 어려운 조건은 아니라 확신합니다. 연락 기다리고 있겠습니다.

010-4884-XXXX

_____

경묵은 쪽지를 읽고 나서도 한참을 고민했다. 길드를 비롯한 각성자들의 세력에 몸을 담는 것은 정말이지 신중하게 생각해야 할 일이었다.

가끔 뉴스를 통해 들려오는 소식에 의하면 각성자들 중에서도 자신의 힘과 능력을 악용하는 이들이 상당한 듯하였다.

각성자들의 범죄를 막기 위해 생긴 시스템이 '각성자 라이센스'였지만 몇몇 각성자들은 라이센스를 아예 발급받지 않고 위조 라이센스를 사용하곤 했다. 물론 라이센스 시스템 보안이 상당하긴 했으나, 그들은 말 그대로 각성자였다. 그들이 어떠한 루트로 시스템을 피해 던전에 들어가고 힘을 키우는지에 대해서는 자세히 알 방법이 없었다.

그 숫자는 소수라지만 각성자로 이루어진 경찰이나 군인들도 있었고, 각성자라는 사칭을 하며 악의적인 행동을 일삼는 이들도 있었으니, 더욱 더 신중하게 생각해야할 문제였다.

만일 자신이 연락을 한 단체나 개인이 다른 각성자의 라이센스 코드를 이용하여 게시판을 확인하고 연락을 취한 이들 이라는 가능성도 절대로 배제해서는 안 된다.

더군다나 같은 버퍼로서 조언을 해주겠다는 쪽지는 한 편으로는 반가우면서도, 다른 한 편으로는 유독 의심스러웠다.

혹시라도 자신과 뜻을 함께하지 않겠다는 의사를 밝힐 경우 협박이나 위협을 당하게 될 지도 모르는 일이었다.

경묵에게 가장 중요한 것은 자신 때문에 주변사람에게 피해가 가지 않도록 하는 것이었다.

'그래, 어쨌든 우선 연락이나 한 번 해보자.'

경묵은 쪽지에 적힌 번호를 핸드폰에 저장하지 않고 쪽
지에 적었다. 'X카오톡' 등의 어플리케이션에 자동으로
동기화 되어 상대측에서 자신의 계정을 알아낼지도 모른
다고 생각해서였다.

경묵은 문득 걱정이 들었다. 혹시 상대편에서 요구하는
금액이 돈이면 어떻게 할지 걱정이 앞섰다. 각성자가 되었
다고는 하나 당장 수중에 돈이 조금 밖에 없으니 문제였
다. 뿐만 아니라 할머니의 치료비도 빠른 시일 내로 마련
해야하는 상황 이였으니, 마냥 안주해 있을 수는 없었다.

'얼른 대출도 알아보긴 해야겠다.'

경묵은 대충 샤워를 마친 후, 코트를 걸치고 집 밖으로
나섰다. 코 깊숙이 파고드는 겨울 냄새에 저도 모르게 미
소를 지어보인 경묵이 버스 정류장을 향해 걸음을 옮겼다.

북경각이 걸어서 가기에는 조금 무리가 있는 거리라지
만, 절대로 먼 거리는 아니었다. 버스의 배차 간격도 나쁘
지 않은 편이었고, 학생들 등굣길과 맞물리는 탓에 앉아
서 가는 것이 힘들다는 것만 제외하면 출 퇴근 조건 자체
는 나쁘지 않았다.

버스에 올라 자리에 앉은 경묵은 문득 인벤토리에 있는
강화석 7개가 떠올랐다. 그때, 문득 의문이 하나 생겨났
다.

'만약 주방기구를 강화하게 되면 어떻게 되는 거지?'

칼이야 변화를 상상할 수 있다. 뭐 날이 안서는 칼을 강화하면 잘 썰리고 하는 정도는 누구나 상상할 수 있는 범주 내의 일인 셈인데, 만약 칼이 아니라 팬이나 뭐같은 조리도구를 강화하면 과연 어떻게 되는 걸까?

경묵은 호기로운 미소를 한 번 지어보인 후에, 상점에서 구입한 물건이 아니라면 강화를 할 수 없다는 말을 떠올리고는 곧장 상점을 열었다.

여전히 상점에는 수 없이 많은 물건들이 있었다. 상점에 아무리 많은 물건이 있다 한들, 애석하게도 지금 경묵의 수중에 남은 GEM은 고작 10GEM 이였다.

'혹시 이걸로 살 수 있는 것은 없으려나.'

경묵은 조건을 10GEM 이하로 설정하고, 품목을 조리도구로 하여 다시금 검색을 해 보았다.

모르긴 몰라도 어제 보았던 쓰레기 같은 중화 칼이 30GEM이나 하는 것을 떠올려보면 이 정도 자금을 토대로 그럴싸한 조리도구를 구입하는 데는 상당히 무리가 있어 보였다. 반신반의 하는 심정이었으나, 나름 긍정적인 안내 문구를 담은 상태 창이 다시금 경묵의 눈앞에 나타났다.

띵-!

[총 1개의 검색 결과가 있습니다.]

[미니 팬]

등급 : 일반

설명 : 작은 프라이팬, 조리도구일 뿐 아니라 무기로도 사용이 가능하다.

공격력 : 2

가격 : 10GEM

_____

경묵은 잠시 동안 고민을 했다. 가격이야 무리 없이 지불하고 구입할 수 있는 가격이라지만, 과연 남은 강화석으로 팬을 강화해보는 것이 옳은 일일지 고심했다. 차라리 어제 구입한 초심자의 무구 중 일부를 강화하는 것도 괜찮겠다는 생각이 들었기 때문이었다.

'흠······. 어떻게 하는 것이 좋으려나······'

몇 초나 고민을 했을까?

경묵은 다시금 망설임 없이 미니 팬을 구입해보였다.

비록 어제 구입한 초심자의 무구를 강화하는 것이 더 이득일지는 모르겠다만, 지금 문득 떠오른 호기심을 해소하지 못한다면 두고두고 후회할 것이 분명했다.

그 다음은 뭐, 설명할 것도 없이 속전 속결로 이루어졌다.

띵-!

[초급강화석 1개를 소모합니다. 강화를 진행하시겠습니까?]

이번에도 한 치의 망설임 없이 경묵이 고개를 끄덕여보였다. 잠시 후 미니 팬과 강화석이 합쳐지는 이펙트가 눈앞에 나타났다. 연달아 울리는 경쾌한 알림음과 함께 상태창이 다시금 눈앞에 나타났다.

[축하합니다. 미니 팬 강화에 성공하셨습니다.]

[+1 미니 팬이 되었습니다.]

경묵은 곧장 인벤토리를 열어, 미니 팬의 능력치 변동 사항을 확인해 보았다.

————————————————————

[+1 미니 팬]

등급 : 일반

설명 : 작은 프라이팬, 조리도구일 뿐 아니라 무기로도 사용이 가능하다.

공격력 : 4

강화옵션 : 조리+1

가격 : 10GEM

————————————————————

강화옵션으로 조리 능력치가 생겨났다. 수치상으로는 비록 1이지만, 3년의 경력을 쌓을 동안 상승한 조리 능력치가 15인 점을 감안하면 그렇게 마음에 들지 않는 수치는 아니었다. 경묵은 거기서 멈추지 않고, 곧장 두 번째 강화를 시작했다.

[초급강화석 2개를 소모합니다. 강화를 진행하시겠습니까?]

다시금 울려퍼진 알림 음과 함께 곧바로 눈앞에 미니 팬과 강화석이 합쳐지는 이펙트가 나타났다.

[축하합니다. 미니 팬 강화에 성공하셨습니다.]

[+2 미니 팬이 되었습니다.]

상태창을 확인한 경묵이 만족스럽다는 듯 고개를 끄덕여보이자, 경묵의 버스의자 옆에 서 있던 여자가 경묵을 이상하다는 듯 쳐다보았다. 이어폰이라도 귀에 꽂고 있었다면 그리 이상히 쳐다보지는 않았을 테지만, 아무래도 비각성자들의 눈에는 지금 경묵의 눈앞에 펼쳐지고 있는 모든 일이 단 하나도 보이지 않는 듯하였다.

'두 번째 강화까지는 성공률이 100%인가보다.'

경묵은 다시 인벤토리를 열어 미니 팬의 능력치 변동사항을 확인했다.

————————————————————————

[+2 미니 팬]

등급 : 일반

설명 : 작은 프라이팬, 조리도구일 뿐 아니라 무기로도 사용이 가능하다.

공격력 : 8

강화옵션 : 조리+3

가격 : 10GEM

조리능력치의 상승량이 3이 되어있었다. 이 정도면 가히 엄청난 수치라 할 수 있었다. 경묵은 흡족한 듯 웃으며, 미니 팬의 능력치를 한참동안 바라보았다. 이로서 남은 초급 강화석은 4개. 경묵은 미니 팬이 어디까지 발전할 수 있는지가 너무도 궁금한 탓에 다시 한참을 고민했다. 다시금 경묵의 입가에 진한미소가 떠올랐다.

'이름이 초급강화석인걸 보면 분명 비교적 쉽게 얻을 수 있을 거야.'

경묵의 자리 옆에 서있던 여자는 경묵의 미소를 본 직후 슬금슬금 자리를 옮겼다. 경묵은 그런 사실은 아는 지, 모르는 지 다시금 강화 삼매경에 빠졌다.

[초급강화석 3개를 소모합니다. 강화를 진행하시겠습니까?]

눈앞에 바로 미니 팬과 강화석이 합쳐지는 모양이 나타날 것이라 생각하였으나, 경묵의 동의를 구하는 상태창이 다시 한 번 나타났다.

[성공확률:70% 강화를 진행하시겠습니까?]

그 전에는 안내창이 뜨지 않는 것으로 보아 2번째 강화까지는 성공률이 100%임이 분명해졌다.

경묵은 망설이지 않을 수 없었다. 실패 확률이 자그마

치 30%다. 성공 확률이 70%라지만 실패하지 말라는 법도 없는 노릇. 만일 강화에 실패한다면 경묵에게 있어서는 실로 큰 타격이 아닐 수 없었다.

한참을 망설이던 경묵은 강화를 진행하기로 마음먹었다.

곰곰이 생각해 보았지만 어차피 경우의 수는 2개였다. 성공 혹은 실패.

눈앞에 미니 팬과 초급강화석이 합쳐지는 이펙트가 나타났다. 그리고 이번에는 눈앞에 여태껏 보지 못한 상태 창이 나타났다.

[강화에 실패할뻔 하였으나, 강화사의 의지로 강화에 성공합니다.]

첫 부분을 읽던 경묵의 가슴이 철렁했다가 다시금 표정이 밝아졌다. 제2직업군이 강화사인 탓에 간신히 강화에 성공한 듯 보였다. 연이어 강화의 성공을 알리는 상태 창들이 나타났다.

[축하합니다. 미니 팬 강화에 성공하셨습니다.]

[+3 미니 팬이 되었습니다.]

경묵은 곧장 인벤토리를 열어 다시금 미니 팬을 확인했다.

[+3 미니 팬]
등급 : 일반

설명 : 작은 프라이팬, 조리도구일 뿐 아니라 무기로도
사용이 가능하다.

공격력 : 14

강화옵션 : 조리+3

강화옵션 : 조리한 요리의 식감을 부각시켜 줍니다.

가격 : 10GEM

세 번째 강화를 성공시키자, 전에 본 적 없던 새로운 강
화옵션이 나타났다.

'조리한 요리의 식감을 부각시켜 준다……'

몹시 두루뭉술한 설명 이였기에 경묵의 호기심을 더욱
자극했다. 가게에 도착해서 점심장사 준비를 마치는 대
로, 미니 팬으로 무언가를 조리해보고 싶었다. 미니 팬을
사랑스럽다는 눈빛으로 바라보는 경묵의 입가에 지어진
미소는 가실 줄을 몰랐다.

'오늘 직원들 아침식사를 미니 팬으로 조리해보자.'

조리 능력치 상승이 3이나 되는 것으로도 어떤 요리가
탄생할지 궁금할 지경이었는데, 이젠 도저히 미니 팬의
성능이 궁금해서 참을 수가 없을 정도였다.

현재 경묵의 조리 능력치는 18, 기존의 15에 초심자의
무구중 목걸이에서 3만큼을 보정 받은 탓이었다. 만일 자
신의 미니 팬으로 조리를 한다면 조리 능력치는 21이 되

는 것이었다. 2번째 강화 옵션의 효과까지 받는다면, 어떤 요리가 탄생할지 모르는 일이었다.

그때, 창밖을 바라본 경묵은 놀라지 않을 수가 없었다.

'제기랄! 큰일이다!'

경묵이 다급하게 벨을 누르고는 자리에서 몸을 일으키며 운전석을 향해 소리쳤다.

"기사님! 저 내려요!"

⚙

간신히 평소 출근시간대로 가게에 도착한 경묵은 가게의 문을 열었다. 가게의 포스PC를 켠 경묵은 옷을 갈아입고 곧장 주방으로 향했다.

불이 꺼져있는 북경각의 주방. 지난 3년간 거의 하루도 빠짐없이 봐왔지만, 정말이지 고요하고 고요한 공간이었다.

경묵이 의지를 다지듯 크게 소리쳤다.

"아자아자! 오늘도 세상에서 제일 열심히 살아보자!"

경묵은 자신의 인벤토리에서 [+3 미니 팬]을 꺼내어 선반 위에 올려두었다. 평소처럼 반죽 기계를 돌리고, 오늘 사용될 재료들을 해동시켰다. 항상 경묵이 가장 먼저 출근했고, 그 다음 순서는 정혁이었다. 오늘도 마찬가지였다.

정혁은 가게 문을 열며 불이 켜진 주방을 보고는 환하게 웃으며 가게 안으로 들어섰다.

'저 녀석, 대단하네.'

경묵이 참으로 대견하고, 또 대단하다고 생각했다. 지난 3년간 경묵이 지각을 한 적이 단 한 번도 없다지만, 정혁은 내심 걱정하고 있었다. 각성을 했으니 경묵이 조금씩 변하지 않을까하는 걱정. 설사 자신이 각성을 하게 된다 하더라도, 식사마저도 주방 안에 쭈그려 앉아 먹어야 하는 주방 일을 하고자 하지는 않을 것이었다. 지난 수년간, 자신이 가장 잘 한 일은 경묵에게 중화요리를 가르친 것이라고 생각했다.

경묵은 힘든 집안사정에도 불구하고 항상 밝은 모습으로 다녔다.

경묵이 자신에게 중화요리를 배운지 얼마 되지 않았을 때의 일이었다. 지금은 제법 뛰어난 실력을 겸비하게 된 경묵이 생쌀로 재료 볶는 것을 연습하던 때니 정말 한참 전의 일이었다.

"경묵아, 아니야. 조금 더 손목을 이용해야 해."

"형, 이거 혹시 쌀이라서 잘 안 되는 거 아니에요?"

정혁은 여태껏 다른 사람을 가르쳐 본 경험은 전무후무했지만, 자신의 선에서 최대한 성심성의껏 가르치려 애썼다.

"꼭 그렇지만은 않을 거야. 내일부터는 형이 손질한 야채 남은 걸 따로 모아둘 테니 그걸로 연습을 해보자. 지금이 무게에 안주하면 안 돼, 팬에는 더 많은 야채가 들어가야 하고 기름까지 먹고 나면 더 무거워질 거야."

또래에 비해서는 발육이 괜찮은 경묵이었지만, 중화 팬의 무게 역시 만만치 않았다. 잠시라면 문제될 것이 없었지만 하루 종일 돌려야하는 것 이었으니 말이다. 재료를 제대로 볶기 위해서는 팬을 움직이며 동시에 국자를 움직여야 하는 근력과 체력이 모두 수반되는 작업이었다. 묵은 이마에 땀방울이 송골송골 맺힐 때 까지 연습을 멈추지 않았다. 그 때, 정혁이 물었다.

"경묵아."

"예?"

"너는 왜 중화요리를 하고 싶은 거냐?"

경묵이 멋쩍은 미소를 짓고는 말했다.

"형 그런 말 있잖아요, 직업에는 귀천이 없다는 말."

"그렇지."

경묵은 슬픈 표정으로 정혁을 바라보며 물었다.

"정말 없을까요?"

정혁은 아무런 대답도 하지 않고 묵묵히 경묵을 바라보고 있었다.

그때 경묵이 다시 입을 뗐다.

"저는 직업에 귀천이 있다고 생각해요. 사실 중학교 때 친구들하고 어울려 다닐 때에는 제가 세계정복이라도 할 줄 알았거든요. 그런데 아니더라고요. 여기서 처음 배달 일을 하던 때의 이야기인데 말이에요, 저도 제 직업을 부끄럽다고 생각하는데 어떻게 다른 사람한테 떳떳하게 말하겠어요."

경묵은 다시금 한 손에 중화 팬을, 다른 한 손에는 국자를 쥐며 말했다.

"이 일은 제가 열심히 하면 언젠가 다른 사람들한테도 인정받을 수 있는 일이니까, 세상에서 최고로 열심히 해보고 싶어요. 저는 지금까지 한 번도 처음부터 잘했던 적이 없었거든요. 중학교에 처음 입학할 때까지만 해도 왕따였는데 졸업할 때는 골목대장이었어요."

경묵은 옅은 미소를 한 번 지어보인 후에 다시금 말을 이어나갔다.

"마음먹은 건 뭐든지 해냈으니까, 이번에도 그러려고요."

후에 알게 된 경묵의 집안사정은 열악했다. 그러나 경묵은 절대 단 한 번도 힘든 내색을 하지 않았다. 나이야 어리다지만, 그저 묵묵하고 성실히 자신이 해야 하는 일을 하는, 믿고 자신의 일을 맡길 수 있는, 의지할 수 있는 동생이었다.

경묵이 마지막 남은 융자금을 갚던 날 저녁, 정혁은 경묵과 술잔을 맞대었다.

그날, 경묵은 중화요리를 배우게 된 날 이후로 처음 정혁 앞에서 눈물을 보였다.

누구의 시선도 의식하지 않은 채 소리 내어 우는 경묵을 바라보던 정혁의 눈가가 덩달아 촉촉해졌다. 어느새 가장 소중한 친구로 자리매김해버린 녀석이 각성을 했다는 말을 들었을 때에, 마냥 축하만 해주기에는 너무 속상했다. 떠나겠구나 싶었던 녀석이 북경각에 남겠다니, 참으로 어처구니없는 이야기였다. 걱정했던 것과는 반대로 녀석은 각성을 한 뒤에도 하나도 변하지 않았다.

이윽고 정혁을 본 경묵이 밝은 목소리로 크게 소리쳤다.

"형!"

"왜 인마"

경묵은 작은 프라이팬을 들어 보이며 영문 모를 웃음을 지었다.

"뭐야, 그걸로 때리겠다고 협박하는 거냐?"

"아니요, 형님 오늘 아침 식사는 제가 집도하겠습니다."

북경각 직원들의 식사는 경묵과 정혁이 번갈아가며 준비했다. 경묵의 요리 실력이 늘어난 후로 아침은 정혁이,

저녁은 경묵이 조리하는 것이 암묵적인 룰이었다.

정혁은 웃음을 지어보이며 있지도 않은 수염을 쓰다듬듯 행동하며 대답했다.

"허허, 돌쇠야 그럼 그렇게 하도록 하여라. 주인인 나를 섬기는 마음이 참으로 갸륵하구나. 나는 환복을 마치고 필히 밖을 한 번 둘러보아야겠구나."

"대감마님, 밖은 무엇하러 둘러보십니까? 짜장을 볶으셔야지요."

"아니다, 이놈아! 해가 서쪽에서 떴는지 아닌지 확인을 해야겠다!"

경묵이 크게 웃자, 정혁은 윙크를 한 번 하고는 탈의실 안으로 들어갔다. 잠시 후 아침 장사 준비를 마친 경묵이 소매를 걷고는 미니 팬을 들었다.

"시작해볼까?"

아침식사를 함께 하는 인원은 정혁, 경묵, 사장님, 사모님, 이모님, 홀 아르바이트생 이렇게 총 6명이었다. 사모님이 가게 냉장고에 넣어두신 반찬이 몇 가지 있으니 한 가지 내지 두 가지 정도만 조리하면 식사준비가 끝나는 것이었다.

경묵은 우선 간단하게 계란말이를 조리하기 시작했다.

계란을 저어서 풀던 경묵은 조리가속 스킬의 효과를 실감할 수 있었다.

'이야, 이거 엄청나네.'

자신의 손이 전과 같지 않은 빠른 속도로 움직이고 있었다. 잘 섞은 계란 물에 소금으로 밑간을 하고는 팬에 계란을 한 번 얇게 붓고는, 반쯤 익었을 때 돌돌 말아냈다. 그 다음 다시 빈 공간에 계란 물을 붓고, 또 반쯤 익으면 돌돌 말아냈다. 적당하게 익었을 때, 접시에 옮겨 담고는 먹기 좋은 크기로 썰어두었다.

두 번째 메뉴는 '찹쌀탕수육'이였다. 이름은 찹쌀 탕수육이였지만, 레시피에는 찹쌀이 들어가지 않았다. 우선은 물과 전분을 잘 배합하여 튀김옷을 만들었다.

그 모습을 바라보던 정혁이 불평을 시작했다.

"야, 너는 중식 질리지도 않냐? 아침부터 무슨 탕수육이야 인마."

"형, 밖에 앉아서 잠깐만 기다려보세요."

정혁이 투덜거리며 주방 밖으로 나섰다.

경묵은 미니 팬 안에 기름을 잔뜩 넣고는 불을 세게 켰다. 그리고는 제법 온도가 올랐을 때, 밑간해둔 등심에 튀김옷을 입혀 팬 안으로 넣었다. 팬이 워낙 작은 터라, 한 번에 소량밖에 조리를 하지 못했다. 여러 번에 나눠 6명이 먹을 만큼의 탕수육을 조리해냈다. 조리가속 스킬의 효과 덕분인지 단순한 체감인지 모르겠지만, 왠지 탕수육이 더 빠르게 익는 것 같았다.

다른 사람들이 먼저 식사를 할 수 있도록, 탕수육과 계란말이를 내주고 팬의 기름을 튀김기계에 부었다.

그 다음, 팬을 잘 닦아내고 나서 탕수육 소스를 만들었다. 생강과 레몬 설탕과 식초 등등을 배합하여 만들어둔 육수에 전분을 섞어 미니 팬에서 걸쭉하게 끓여냈다. 작은 그릇에 잘 따라 붓고는, 탕수육 소스가 담긴 그릇과 함께 홀로 나갔다.

경묵이 밖으로 나갔을 때, 다들 경묵을 바라보기만 할 뿐 아무런 말도 하지 않았다. 탕수육 소스를 상 위에 올려두고 자리에 앉은 경묵은 젓가락을 들며 물었다.

"다들 왜 그래요? 맛없어요?"

다들 대답 없이 탕수육을 하나씩 집어서 소스를 듬뿍 찍은 뒤 자신의 입에 넣었다. 모두의 입 안에서 바사삭 하는 소리가 울려 퍼졌다.

경묵이 걱정스러운 눈빛으로 젓가락을 탕수육에 가져다 댔을 때, 먼저 말을 꺼낸 것은 정혁이였다.

"이겼다."

경묵이 젓가락을 잠시 멈춘 채 의아한 표정으로 물었다.

"뭘 이겨요 형?"

"연래춘 말이야. 이제 우리 북경각이 이겼다고!"

경묵의 입가에 환한 미소가 떠올랐다. 숨길 이유도 없었지만, 도저히 웃음을 숨길 수가 없었다. 경묵이 쥐고 있던 젓가락이 기대감을 잔뜩 품은 채로 자신이 조리한 탕수육을 향해 빠르게 옮겨갔다.

경묵은 탕수육을 집고 소스를 듬뿍 찍은 채 잠시 동안 응시했다.

본래 튀김기계에 튀길 때에는, 돼지기름과 식용유를 살짝 혼합하여 쓰지만 상 위에 놓인 찹쌀 탕수육 방금 팬에 담아낸 새 식용유로만 튀긴 탓에 튀김옷이 색이 유난히 하얀색이었다. 당연히 돼지기름 특유의 노린내도 일체 느껴지지 않았다.

자고로 찹쌀 탕수육이란, 쫄깃쫄깃한 튀김옷의 맛 때문에 먹는 것이 아니던가?

꿀꺽-

경묵은 침을 한 번 삼켜냈다. 그리고는 탕수육을 크게 한 입 베어 물고는 씹기 시작했다. 바사삭 하는 소리가 입가에 울려 퍼졌다.

경묵은 놀라지 않을 수가 없었다.

튀김옷의 겉은 얇고 바삭하지만 속은 너무도 쫄깃쫄깃한, 가장 이상적인 튀김옷을 입은 찹쌀탕수육이었다. 그 안의 돼지고기는 너무도 부드러웠고, 탕수육소스는 입맛을 돋궈주는 역할을 했다.

"뭐야! 왜 이렇게 맛있어!"

경묵 스스로도 크게 놀라 소리치자, 직원들 모두의 입

가에 웃음이 피어났다.

정혁이 사장에게 진지한 목소리로 물었다.

"사장님, 지금껏 중국집 운영하시면서 이것보다 맛있게 튀긴 주방장 있었습니까?"

"없었다."

정혁은 시선을 경묵에게 돌리고 말을 이었다.

"경묵아, 이건 진짜 뭐라고 해야 할지 모르겠다. 음……."

정혁은 장난치듯 눈을 지그시 감은 채로 말을 이어나갔다.

"지난 시간 배달 온 탕수육의 돌처럼 딱딱한 튀김옷에 지친 미각이 위로받는 기분! 그래, 위로받는 기분이다."

경묵이 환하게 웃으며 손사래를 쳤다.

"아 형, 너무 띄워주시는 거 아니에요?"

"너도 먹어볼 만큼 먹어봤고 튀겨볼 만큼 튀겨 봤으니 잘 알잖아. 지금 이게 얼마만큼 맛있는 탕수육인지."

정혁의 목소리는 더할 나위 없이 진지했다. 그때, 사장이 젓가락을 상 위에 내려놓으며 말했다.

"경묵아, 내일 부터 신 메뉴로 등록하자."

경묵은 순간 크게 당황했다. 당장 이렇게 직원들 식사에 낼 만큼의 양이야 미니 팬으로 조리를 할 수 있다지만, 손님 상에 나갈 만큼의 양을 조리하기엔 상당히 무리가 있었다. 잠깐 동안 고민하던 경묵이 고개를 저어보이자, 사장이 다시금 입을 뗐다.

"월급 때문에 그러냐?"

문장 자체는 의문문이었지만, 사장 스스로는 속으로 이미 정답을 내린 상태였다.

사장은 십 수 년 중국집을 운영해오며 상당히 많은 요리사들을 만났다. 거의 모든 요리사들이 실력이 뛰어나면 뛰어날수록, 많은 권리행사를 하곤 했다. 실력이 뛰어난 요리사가 가게를 떠난다고 할 때 가장 손해를 보는 것은 사장이었다.

사장의 입가에 미소가 떠올랐다.

흐르는 세월이 참으로 무색하다고 여겼다.

배달 직원으로 들어와 정혁의 부탁 덕분에 주방 일을 배우기 시작했던 경묵이 벌써 이만큼이나 일취월장 한 것이었다. 지금까지 봐온 직원들 중 가장 열심히, 또 가장 성실히 일 했던 놈이었다. 그리고 지금껏 일했던 직원들 중 자신이 가장 많이 타박을 했던 놈이기도 했다.

정혁의 부탁으로 어쩔 수 없이 주방 일을 시키게 되긴 했지만, 근본이 없는 녀석이라 생각했다. 그 나이에 학업을 중도 포기하고 짜장면 배달하는 녀석이 이게 은혜인 줄은 알까 싶었는데, 알면 알아갈수록 진품인 녀석이었다. 잘 생각해보면 경묵은 배달 직원으로 일하던 때에도 지각 한 번 하지 않았다. 경묵은 성실함 하나만으로 사장 스스로 너무 독선적으로 보고 싶은 모습만을 본 것은 아니었는지 반성을 하게끔 만들었다. 결국엔 생전 먹어본 적이 없는 기가 막히게 맛있는 탕수육을 튀겨서 자신의 앞에 내 놓았다.

'그래, 모질게 타박해도 표정 한번 굳힌 적 없던 녀석이지.'

그렇게 제 가게인 마냥 열심히 일해 준 녀석이 이정도 경지에 이르러서 어느 정도 권리 행사를 하는 것이라는 생각이 들었다. 정말이지 하나도 얄밉지가 않았고, 오히려 대견함에 감정이 복받칠 정도였다. 사장은 경묵에게 말했다.

"월급 관련해서라면 최대한 조율해주마, 따로 합의를 보도록 하자."

"아니요, 사장님 그게……"

경묵이 말끝을 흐리자 모든 직원들의 시선이 경묵에게로 향했다. 경묵의 입에서 나온 말은 너무도 의외였다.

"월급은 지금도 만족합니다. 그런데, 부탁을 하나 드리고 싶어서요."

"말해봐라."

"저번에 정혁이형하고 '연래춘'에서 한 번 식사를 해봤었거든요, 그 다음부터 정혁이형이랑 많은 이야기를 나눠

본 뒤에 내리게 된 결론인데, 기존 조리법도 조금 보완을 하고 찹쌀 탕수육 말고도 다른 신 메뉴들을 생각해두고 있었거든요."

사장은 고개를 끄덕이며 답했다.

"그래 계속 말해봐."

정혁은 괜히 고개를 숙이고 자신의 손톱을 매만지며 경묵의 말을 듣고 있었다. 사실상 정혁은 경묵과 조리법을 보완하자거나 신 메뉴를 만들자 거나 하는 대화는 아예 한 적이 없었다.

경묵은 무언가 큰 결심이라도 한 듯 진지한 목소리로 말했다.

"염두 해둔 신 메뉴가 다 완성이 되면, 저희 북경각도 아예 새 단장을 해보는 건 어떨까요?"

"새 단장?"

"네, 연래춘에 가보고 나서 많은 생각을 했었거든요."

경묵 스스로 꾸준히 해왔던 생각이었기도 했고, 강화된 중화 팬을 마련하려면 얼마만큼의 시간이 걸릴지 모르는 노릇이었다. 허나 곰곰이 생각을 해 보았을 때, 그리 오랜 시간이 걸리지는 않을 것 같다는 생각이 들었고, 얼추 수 개월의 시간 정도면 충분할 것이라 결론을 내렸다.

사장은 묵묵히 고개를 끄덕였다. 분명 탈바꿈을 해야 할 시기가 온 것은 맞는 듯하였다.

사장은 경묵의 의견에 동의를 표했다.

"그래, 네 말도 일리가 있긴 하다. 무조건 맛이 있는 가게가 장사가 잘되는 것 이라면 전라도 익산시의 한식집이 억대 매출을 올려야 하겠지."

사장은 입가에 미소를 지은 경묵에게 웃으며 말했다.

"그래, 뭔가 필요한 게 있으면 말하도록 해라. 전폭적으로 지원해주도록 하마."

"네 더 열심히 하도록 하겠습니다."

그 때, 첫 손님이 가게의 문을 열고 들어왔다.

"어서오십쇼!"

경묵의 밝은 목소리가 북경각 직원들에게 하루의 시작을 알렸다.

경묵이 만약 다른 주방을 찾아 들어간다면, 분명 더 좋은 조건에서 일을 할 수도 있을 터였다. 그러나 경묵은 자신을 거두어준 북경각을 떠날 마음이 없었다. 그래서 상상도 할 수 없는 만큼의 부를 축척할 수 있는 각성자가 되어서도, 중화 팬과 중화 칼을 놓지 않기로 결심한 것이었다. 그렇게, 북경각은 발전을 도모하기 시작했다.

바쁜 점심시간이 지나가고 경묵은 핸드폰을 열어서 포탈사이트 검색 창에 '대출'이라는 단어를 검색했다. 밑도 끝도 없는 수많은 광고들이 나타났고 경묵은 한숨을 쉬며 고개를 저었다. 도저히 어디서부터 어떻게 알아보아야 하는 것인지 감이 오질 않았다. 이윽고 경묵의 휴대폰 액정을 엿본 정혁이 물었다.

"돈 필요하냐?"

"아, 조금 급한 일이 있어서요."

"얼마나 필요한데?"

"우선 얼마나 빌릴 수 있는지 알아보려고요."

"그래?"

정혁은 잠시 동안 고민하다가 경묵에게 물었다.

"한 천만원 정도 필요하냐?"

"아직 정확히 감은 안 오는데 그 정도 필요할 것 같아요."

"급한 일이라는데 얼마 필요할지도 몰라? 무슨 일인데 그래?"

"그게 사실은……."

경묵은 정혁에게 자신의 상황을 설명하기 시작했다. 정혁은 경묵의 얘기를 귀담아 들으며 고개를 끄덕이다가 경묵이 말을 마쳤을 때 바로 입을 뗐다.

"계좌번호 지금 알려줘."

"예?"

"내가 빌려줄 테니까 계좌번호 지금 알려달라고."

"아니에요 괜찮아요, 형. 마음이 불편해서 안돼요."

"누가 그냥 준대? 은행이자만큼 이자도 따박따박 받을

거니까 걱정하지 말고 계좌번호 찍어."

정혁이 이가 다 드러나는 환한 미소를·지어 보였다. 묵은 가슴이 뜨거워지는 것을 느끼고는 정혁을 와락 끌어안았다.

"사랑합니다! 감사합니다! 형님!"

"왜이래 이거, 징그럽게! 얼른 놔 인마! 너 돈 안 갚으려고 그러는 거지?"

"아니에요 형님, 정말 매달 꼬박꼬박 최선을 다해서 갚겠습니다. 주인님으로 섬기도록 하겠습니다!"

고마운 마음에 경묵의 눈가에 눈물이 고였다. 정혁이 아니었더라면, 자신이 지금 이 자리에 서 있었을 수 있었을까? 경묵에게 정혁은 정말이지 귀인 같은 사람이었다.

정혁 덕에 한시름 놓은 경묵은 한층 더 밝아진 표정으로 야채를 다듬기 시작했다. 레벨이 오른 나이프 마스터리 덕분에 사십분은 걸리던 작업을 이십분 만에 마칠 수 있었다. 자신의 스킬 창을 열어 나이프 마스터리를 확인했다.

'스킬창.'

————————————————————

[나이프 마스터리 LV.4] (EXP : 96.87%)
칼을 현란하게 다룰 수 있습니다.
기본 지속 스킬.

'오 벌써 LV5에 이르기 직전이구나.'

생각보다 굉장히 빠른 속도로 레벨이 오르는 듯 했다. 경묵은 야채를 조금 더 다듬어 레벨을 올릴까 생각하다가, 공연히 야채를 더 손질하기가 내키지 않았다. 혹시라도 생각보다 많은 양의 야채가 남아버리게 되면, 신선도가 떨어지는 야채로 조리한 음식을 손님 상에 내야 했기 때문이었다. 경묵은 그냥 내일, 내일 분량의 야채를 다듬어 레벨을 올리기로 결심했다. 경묵은 냉장고 안을 살피던 정혁에게 말했다.

"형, 저 잠깐 요 앞에 좀 다녀올게요. 10분이면 올 거에요."

이제 경묵은 사이트에서 자신에게 연락을 취했던 버퍼에게 연락을 해 볼 요량이었다. 외투를 걸친 채 가게 밖으로 나선 경묵은 가게 인근의 공중전화 부스를 향해 걷기 시작했다. 공중전화 부스 앞에 선 경묵은 외투 안주머니에서 메모해둔 종이를 꺼냈다.

010-4884-XXXX

경묵은 숨을 한 번 크게 들이쉬었다가 뱉고는, 공중전화에 동전을 넣기 시작했다. 자신의 휴대폰으로 전화를 걸기에는 무언가 내키지 않아서 이곳까지 걸음을 한 것이었다. 한참동안 연락을 해볼까 말까를 수 십번 고민하던 경묵은 이윽고 천천히 공중전화의 다이얼 버튼을 누르기 시작했다. 그리고, 신호가 세 번도 가지 않았을 때 신호음이 멈추었다. 수화기 건너편에서 들려온 음성은 의외였다. 젊은 여자의 목소리.

"누구세요?"

각성자와는 처음 대화를 해보는 탓이었을까? 괜스레 긴장한 경묵의 가슴이 빠르게 뛰기 시작했다.

3장. 화제의 동영상 1위 등극
MODERN FANTASY STORY

각성!
북
경
각

각성!

3장. 화제의 동영상 1위 등극

북경각

MODERN FANTASY STORY

경묵은 목소리를 가다듬으려는 듯 기침을 한 번 하고는 대답했다.

"큼,흠. 보내주신 쪽지 보고 연락 드렸습니다."

"아, 버퍼? 안 그래도 기다리고 있었어요."

"아, 예…….."

여자는 밝은 목소리로 대답했다. 경묵이 무어라 말을 이어나가야 할지 감을 잡지 못한 채로 얼버무리듯 대답해 보이자 수화기 너머의 여자가 능동적으로 말을 이어나가 기 시작했다.

"혹시 거주 지역이 어떻게 되세요?"

"저는 서울 인근에 거주하고 있습니다."

"가깝네요, 제가 지금은 업무 시간이라 바쁘기도 하고 전화로 할 이야기는 아닌 것 같은데 혹시 오늘 시간되시나요?"

갑작스레 만나자고 하니 조금 미심쩍기는 하였지만, 전화로 할 이야기가 아니라는 점은 동감하는 바였다. 경묵은 잠시 망설이다가 대답했다.

"네, 오늘 9시에 일이 끝납니다. 늦게라도 괜찮으시면 볼 수는 있을 것 같습니다."

"그럼 오늘 11시쯤 신촌 쪽에서 뵐 수 있을까요?"

"예 알겠습니다."

약속장소를 다 정한 후, 수화기를 내려놓은 경묵은 살짝 힘이 빠졌다. 생각보다 대화 내용이 간소했던 탓도 있었고, 아무래도 통화상대가 각성자라는 점에서 크게 긴장을 했던 것 같다. 어차피 똑같은 사람인데 왜 이리 긴장이 되는 것인지 알 수 없는 노릇이었다.

'신촌역 XX커피에서 11시.'

경묵은 머릿속으로 한 번 약속장소를 되뇌었다. 그리고는 다시 가게로 돌아가려 걸음을 옮기기 시작했다.

경묵은 가게 앞에 다다라서 북경각의 간판을 한 번 올려다보고는 미소를 지었다. 3년 전, 이 자리에 서서 처음으로 북경각의 간판을 올려다보던 어린 날의 자신을 떠올렸다. 이곳의 모든 사람들이 이렇게나 각별한 사람들이 되리라는 상상은 한 번도 해보지 못했다.

경묵이 가게 문을 열고 들어설 때, 정혁은 귀 뒤에 담배 한 가치를 꽂은 채로 걸어 나오고 있었다.

정혁은 경묵을 스쳐 지나가며 어깨를 툭툭 두드리고는 속삭이듯 말했다.

"입금했다. 천천히 갚아."

"형 정말 너무 고마워요."

"괜찮아 인마, 고맙다는 소리 이제 그만해라. 잠깐 나 좀 보자."

정혁은 미소를 지어보이며 따라 나오라는 듯 손짓을 해 보이고는 가게 밖으로 나섰다. 경묵이 따라 나가자 정혁은 고개를 비스듬히 돌린 채, 담배에 불을 붙이고는 한 모금 을 빨았다. 정혁이 내뱉은 담배연기가 허공에 흩어졌다.

"야, 경묵아."

"예 형."

"각성하고 나니까 요리 실력이 갑자기 늘어 나냐?"

"음, 그런 건 아닌데 확실히 실력을 올릴 수 있는 방편 이 많더라고요."

정혁은 천천히 고개를 끄덕이고는 말했다.

"크, 널 보니까 갑자기 지난 내 요리인생이 조금 허무하 다."

경묵은 아무런 말도 하지 못했다. 정혁도 정말 열악한

환경에서 요리를 시작했고, 지금은 아니라지만 당시에는 국내 3대 중국집이라 불리던 '화룡각'의 주방에서 일을 했던 적도 있었다고 하니 검증된 실력을 겸비하고 있는 셈이었다. 어떠한 일인지 자세히 듣지는 못하였지만, 오해로 인해서 라커룸을 비워야 했다는 이야기를 들은 적이 있었다.

경묵은 정혁에게 괜히 미안한 마음이 들어 아무런 대답도 하지 못했다. 분명 본인은 정혁이 해왔던 노력을 하지 않고 실력을 얻어가고 있으니 말이다.

정혁은 경묵의 등을 세게 후려치고는 말했다.

"야! 죄지었냐? 왜 갑자기 기가 죽어!"

"아니에요 형, 그냥 조금 죄송한 것 같은 생각이 들어서요."

"뭐가 죄송해 인마."

"형한테도 죄송스럽고, 다른 요리사들한테도 조금 미안하구요. 형이나 다른 사람들보다 분명 쉽게 요리 실력을 얻어가고 있으니까요."

정혁은 경묵의 머리를 쓰다듬으며 장난기 가득 섞인 말투로 말했다.

"그럼, 다른 사람들한테만 미안해해라, 나야 네가 책임질 거 아니냐?"

경묵은 그제야 고개를 들고 미소를 지어 보였다.

"야, 그런데 경묵아. 만약에 너 정말 떼 돈 벌면 뭐 하고 싶은 거 없냐?"

"음…… 글쎄요. 어릴 적에는 가끔 또또복권에 당첨된다면 뭐할지 하는 공상을 하곤 했었는데 당장 떠오르는 건 없네요."

"뭐 전망 좋은 80평짜리 오피스텔이라던가, 아니면 정말 좋은 외제 차라던가 뭐 그런 거 없어?"

경묵은 그제야 생각났다는 듯 '아' 하고 짧게 탄식하고는 말했다.

"생각났어요."

"뭔데?"

"바나나우유 있잖아요. 냉장고 문을 열면 잔뜩 쏟아질 만큼 많이 넣어보고 싶네요."

정혁은 경묵을 이해할 수 없다는 표정으로 바라보며 물었다.

"뭐 하러? 네가 바나나 우유를 그렇게 좋아했냐?"

"맛있기는 한데 그렇게 좋아하지는 않아요. 그…… 형 혹시 조금 어렸을 때 TV 간간히 나오던 바나나우유 광고 혹시 기억하세요?"

경묵이 어떤 광고를 이야기 하는 것인지 대충 감이온 정혁은 표정이 굳은 채 아무 말도 하지 않고 경묵을 응시했다.

어릴 적 화제가 되었던 그 광고는 자다가 깬 남자가 노래를 부르며 잠이 덜 깬 채로 냉장고 문을 열었는데 바나나우유가 우르르 쏟아지는 내용이었다.

정혁 역시 아직 그 광고의 CM송까지도 기억하고 있었다.

"냉장고 안에 바나나 우류를 가득 채워넣고, 그 광고처럼 노래 부르면서 냉장고 앞으로 가서 문을 활짝 여는 거죠. 그러면 바나나우유가 바닥에 우르르……."

"됐다, 됐어. 내가 너랑 무슨 얘기를 하냐."

정혁은 고개를 저으며 먼저 가게 안으로 들어섰다. 경묵은 활짝 웃으며 정혁을 따라 가게 안으로 들어서며 외쳤다.

"왜요 형! 어릴 때부터 얼마나 해보고 싶던 건데!"

⚽

그날 저녁. 북경각의 간판 불이 꺼진 뒤에 경묵은 곧장 신촌으로 향했다. 약속시간보다 한 시간이나 이르게 도착할 것이었으나, 딱히 들릴 곳도 없고 집에 들르기에는 시간이 애매한 터라 먼저 기다리고 있을 생각이었다.

버스에 올라탄 경묵은 할머니께 늦는다는 연락을 드린 후 핸드폰으로 웹 서핑을 하기 시작했다. 한참동안 웹 서핑을 하던 경묵이 무료함에 창밖으로 고개를 돌렸을 때,

버스 옆에 바짝 붙어 함께 신호를 기다리고 있는 붉은색 스포츠카가 눈에 들어왔다. 날렵하게 생긴 스포츠카는 딱 보기에도 상당히 비싼 가격을 자랑할 것 같았다.

'저 차의 차주도 각성자 이려나?'

자신도 각성을 했으니, 어쩌면 전에는 상상하지 못하던 부를 얻게 될 수도 있는 노릇이었다. 이제 조금씩은 무엇을 할지에 대해서도 조금은 고민을 해보아야겠다는 생각을 했다. 그러나 딱히 외제 차라든지 넓은 집에는 관심이 없었다. 그런 것 없이도 지난 시간 행복하게 잘 지냈던 것을 생각해보면, 호기심은 생기지만 꼭 필요한 것들은 아니었다.

다만 꼭 하고 싶은 것은 하나 있었다.

바로 불우한 청소년들을 돕는 것이었다. 도움이 필요하지만 손길이 미처 닿지 않는 청소년들을 찾아내어, 학비와 기본적인 생활비 그리고 자신이 원하는 꿈에 대한 지원을 꼭 해주고 싶었다. 그리고 탈선 청소년들이 마음을 다잡을 기회를 선물해주고 싶었다.

핑계라면 핑계일 수도 있지만, 경묵의 탈선은 집안이 기울면 기울수록 점점 강도가 심해졌었다. 북경각에 처음 취직해서 배달직으로 일하던 때에만 해도, 틈만 나면 화를 참지 않고 주먹을 내질렀지만 특별한 계기로 인해서 두 번 다시는 전과 같은 실수를 하지 않게 되었다.

'할머니.'

121

경묵을 변화시킨 사람은 할머니였다. 길을 걷다가 눈이 마주쳤다는 이유로 또래 남자아이를 흠씬 두들겨 팼던 경묵은 소년 재판까지 받아야 했다. 재판을 받던 날 할머니는 경묵의 양 손을 꼭 쥐고는 닭똥 같은 눈물을 흘리시며 말씀하셨다.

"경묵아, 네 애비가 이렇게 내 가슴을 후벼 파고 사라졌다. 왜 너까지 내 가슴을 후벼 파는 거야? 너무 속상하다. 너무 속상하다. 정말 너무 속상하다……."

다행히 보호관찰처분으로 끝났지만, 그 날의 기억은 경묵에게 있어서는 절대로 잊을 수 없는 것 중 하나였다. 그 후 경묵은 보호관찰소에서 고등검정고시 교본을 지급받았고, 일이 끝나면 짬을 내서 공부를 하곤 했다.

이듬해 봄에는 당당히 고등학교 졸업장도 따냈고, 함께 본 보호관찰소의 아이들 중 최고의 성적을 기록해서 장학금도 받은 이력이 있었다.

장학금을 전달받던 날, 보호관찰소장과 악수를 하며 찍은 사진이 지역신문에 실리기도 했다.

할머니는 아직도 그 기사를 스크랩해서 앨범 안에 보관하고 계신다.

경묵의 개과천선을 인정한 담당 보호관찰관은 2년 이였던 기간을 1년으로 단축시켜 주었다. 만약 경묵에게 그런 특별한 계기가 없었더라면, 단언컨대 지금 같은 삶을 살고 있지는 않을 것이었다. 분명 노력하고 싶지만, 상황 탓에 실행에 옮기지 못하는 청소년들이 많을 것이라는 생각이 들었다.

'그래, 만약 도와줄 수 있는 기회가 생긴다면 힘든 청소년들을 꼭 도와주자. 분명 탈선 청소년들도 마음을 다잡을 수 있는 기회만 주어진다면……'

이런저런 생각을 하다 보니 버스는 어느새 신촌역 인근 정류소에 도착했다.

버스에서 내린 경묵은 약속장소인 X카페를 찾아 한참을 두리번거렸지만 좀처럼 쉽게 찾을 수가 없었다. 핸드폰으로 X카페의 위치를 검색하며 걷다가 맞은편에서 걸어오던 남자와 어깨가 부딪혔다.

딱 보기에도 술에 잔뜩 취한 남자는 경묵과 비슷한 또래로 보였다.

남자는 경묵에게 다짜고짜 고함을 치기 시작했다.

"이 새끼가! 눈 똑바로 안 뜨고 다녀?"

갑작스레 펼쳐진 상황에 당황한 경묵은 남자에게 사과를 했다.

"죄송합니다. 기분 나쁘셨다면 사과드리겠습니다."

그때 취한 남자의 일행으로 보이는 남자 세 명이 남자에게 다가오며 물었다. 일행들이 경묵을 바라보는 시선이 예사롭지 않았다.

"왜 그래?"

"무슨 일이야?"

그들은 저마다 담배를 하나씩 입에 꺼내 물고는 잔뜩 인상을 쓴 채 경묵을 바라보았다. 경묵은 상황이 커질까 하는 마음에 한 번 더 자신과 부딪힌 남자에게 사과했다.

"저, 다시 한 번 사과드리겠습니다. 죄송합니다."

부딪힌 남자는 경묵을 바라보며 한 쪽 입 꼬리를 말아 올리고는 갑자기 엉뚱한 말을 하기 시작했다.

"이야, 이 자식 봐라. 갑자기 공손해지네? 쪽수가 많아 지니까 더 그러면 안 될 것 같아?"

경묵은 정말이지 너무 어이가 없어서 아무런 말도 나오 지 않았다. 아무래도 남자는 술기운에 객기를 부리고 싶 은 모양이였다. 이미 많은 사람들이 걸음을 멈추고 경묵 과 남자들을 지켜보고 있었다.

"어? 저기 싸우나 본데?"

"보고가자, 보고가자."

"야, 핸드폰으로 찍어! 금방 한 대 치겠는데?"

몇몇 이들은 핸드폰으로 동영상을 촬영하고 있었다.

'뭐야? 저 자식 갑자기 무슨 헛소리를 하는 거야?'

그 때, 남자의 말을 들은 일행들이 경묵에게 다가오기 시작했다. 상황이 심상치 않은 방향으로 흘러가는 것을 느낀 경묵이 뒷걸음질을 치며 말했다.

"저기, 오해가 있으신 것 같은데……."

"오해 같은 소리 하고 자빠졌네."

그때, 경묵과 부딪혔던 남자가 경묵에게 빠르게 달려들며. 주먹을 내질렀다. 경묵은 자신의 얼굴을 향해 날아드는 남자의 주먹을 보고는 속으로 생각했다.

'제기랄, 정말 똥 밟았네.'

경묵은 몸을 살짝 비틀어 빠르게 날아드는 남자의 주먹을 간신히 피했다. 둘러싸고 구경을 하던 사람들이 경묵을 향해 환호를 질렀다.

"잘한다! 이겨라~!"

환호소리에 구경꾼이 점점 더 늘어나고 있었다. 남자는 분을 삭이지 못하고 다시 경묵을 향해 달려들었다. 경묵은 자신에게만 들릴만큼 조용한 소리로 속삭였다.

"민첩강화."

마나가 소모되는 느낌이 들자, 눈앞에 상태창이 나타났다.

[민첩이 일시적으로 4 증가 되었습니다.]

전신 근육의 탄력성이 늘어난 것 같은 느낌도 들었고, 형용할 수 없는 가벼움도 느껴졌다.

경묵은 자신을 향해 달려들고 있는 남자를 바라보았다.

딱히 동체시력이 뛰어나져서 남자의 움직임이 느리게 보이거나 하지는 않았다.

다만 왠지 피할 수 있을 것 같다는 느낌이 들었다.

다시 한 번 날아드는 남자의 주먹을 이번엔 고개를 숙여 피했다. '민첩 강화' 스킬 덕분인지 몸이 가벼워서 날아다닐 수 있을 것만 같았다.

'와, 여기서 민첩에 조금 더 스탯을 투자하면 어떻게 되는 거지?'

경묵이 이번에는 훨씬 여유 있게 남자의 주먹을 피해보이자 사람들은 다시금 환호를 내뱉었다.

"잘한다! 멋있다! 이겨라!"

남자와 일행들은 못마땅하다는 듯 구경꾼들 중 환호를 지르는 이들을 찾아 눈을 부라리다가, 한번에 경묵을 향해 달려들기 시작했다. 남자들이 한 번에 경묵에게 달려들자 분위기는 더 고조되었다.

"야, 대박이다 찍어, 찍어."

수많은 카메라가 자신들을 향하고 있다는 사실은 신경도 쓰지 않고 남자들은 경묵을 향해 연신 주먹을 휘둘러댔다.

경묵은 최대한 침착하게 보이는 주먹들을 피하고 피하지 못하는 것들은 최대한 방어하기 위해 노력했다. 아마도 전에 구입해서 익힌 '평정심' 스킬이 한 몫 톡톡히 해주고 있는 모양이었다.

상황 자체가 어이없었을 뿐이지 딱히 화가 나거나 하지

는 않았다.

피할 수 있으면 피하고, 쳐낼 수 있는 공격은 쳐내고, 어쩔 수 없는 것들이라면 최대한 충격을 줄일 수 있도록 막아냈다.

반격을 할 여지야 충분히 있었으나, 그럴 생각은 없었다. 각성자가 일반인과의 다툼에서 힘을 쓴다면 그 자체만으로도 중죄에 해당하는 사항이었다. 다 떠나서 경찰서에 가고 싶은 생각은 추호도 없었다. 물론 각성자와의 약속에 늦을 생각도 없었고 야심한 시간에 할머니나 정혁을 자신의 보호자신분으로 신촌 인근의 경찰서까지 부르게 되는 것은 생각도 하고 싶지 않았다.

경묵은 남자들이 가한 거의 모든 공격에 제대로 방어를 하기는 하였지만, 생각보다 정말 아무렇지 않을 만큼 아프지 않았다. 아마 초심자의 티셔츠에 붙은 방어력 옵션도 도움을 주긴 했을 것이었다.

구경하던 이들은 연신 수군대고 있었다.

"와, 저사람 진짜 대단하다. 네 명이 달려들었는데 어떻게 저렇게 다 피하지?"

"그러니까, 맘먹고 때리면 이길 거 같은데 피하고 막기만 하네."

"답답하다. 그냥 때려! 때려!"

사람들은 단면적인 정황상, 약자인 경묵을 응원하기 시

작했다. 달려들어 연신 주먹을 휘두르던 남자들도 하나, 둘 지친 기색을 보이기 시작했다. 민첩강화 버프의 지속 시간은 180초.

이미 2분가량을 남자들의 공격을 피하는 데 써버렸다.

'버프가 끝나기 전에 여길 빠져나가야 하는데….!'

자신과 부딪혔던 남자의 주먹이 다시금 경묵의 얼굴을 향해 날아 들어올 때, 경묵이 오히려 빠르게 앞으로 다가가기 시작했다. 경묵이 선택한 변화구였다. 주먹을 내지르던 남자가 빠르게 다가오는 경묵을 보고는 크게 당황해서 본능적으로 몸을 살짝 틀어 비켜섰다.

'지금이다!'

경묵은 그 틈을 놓치지 않고 고개를 숙여 남자의 주먹을 피하고는, 빠르게 남자들을 지나쳐 내달렸다. 그러나 그때, 이미 경묵의 모습이 녹화된 수십 개의 동영상이 SNS를 떠돌고 있었다. 얼굴이 선명하게 촬영되지는 않았으나, 아는 사람이 봤을 때 못 알아볼 정도까지는 아니었다.

❀

[신촌역 앞 4:1 싸움]
때리는 4명 엄청 안쓰럽네요.
혼자 싸우는 남자 대단합니다.

gus3307 : 뭐야, 왜 안 때리지……. 답답하게. 4명이서 때리면서 완전 헛짓하네.

euddla33 : 혼자 싸우시는 분 인간 샌드백 경력 17년 차입니다. 글 내려주세요.

dlasla12 : 그런데 왜 안 때리지???? 반격하면 충분히 이길 것 같은데? 혹시 각성자?

saaa7890 : 윗분 정신 차리세요. 각성자가 왜 길거리에서 쌈질 하겠습니까?

rnsxn327 : 근데 나 저사람 우리 동네에서 본 것 같은데, 아닌가?

───────────────────────────

그리고 한 여자가 그 동영상 아래로 달린 댓글들을 읽으며 XX카페 안으로 들어섰다.

현재 시간은 10시 50분 경묵이 찍힌 영상이 게시된 지 1시간도 채 되지 않았지만, 동영상의 '좋아요' 수는 10만을 훌쩍 넘은 상태였다. 여자는 좋아요 버튼을 엄지손가락으로 꾹 누르고는 핸드폰을 외투 주머니에 넣었다. 평일 늦은 시간이라 카페에는 사람이 그렇게 많지 않았다.

물론 혼자 앉아있는 사람들도 그리 많지 않았다.

'누구 일려나? 잘 생겼으면 좋겠는데.'

그 중 한 젊은 남자가 자신을 바라보는 것을 자각한 여자가 고개를 돌려 바라보았다. 남자와 눈이 마주친 여자는 의아하다는 표정을 지어보이고는 자신의 주머니에서 휴대폰을 다시 꺼내들고는, 방금 본 동영상을 재생했다. 그리고 남자의 얼굴과 영상 속 인물을 대조하듯 번갈아가며 쳐다보다가 남자에게 물었다.

"혹시……?"

경묵이 어색해도 심각하게 어색한 목소리로 물었다.

"아까 낮에 통화하셨던 분이신가요?"

여자는 인위적인 미소를 지어보이며 고개를 끄덕였다. 그리고는 경묵의 맞은편에 자신의 가방을 내려놓으며 말했다.

"음, 일단 커피 드시겠어요?"

"네?"

사실 경묵은 이런 카페에 몇 번 와본 적이 없는 탓에, 주문하는 것이 뭔가 거부감이 드는 탓에 가만히 앉아있었다.

"아, 아니요."

여자는 고개를 끄덕이고는 자신의 커피를 주문하러 카운터로 향했다. 자신의 커피를 주문한 여자는 경묵을 힐끔 쳐다보았다.

'외모는 괜찮은데, 성격이 영 아니네.'

주문한 커피를 받아들고 자리로 돌아온 여자는 환하게 웃으며 경묵에게 말했다.

"이제야 인사드리네요, 안녕하세요? 최서은이라고 합니다."

"아, 예. 반갑습니다. 임경묵 이라고 합니다."

"제1직업군이 버퍼라고 하셨죠?"

"네, 그렇습니다."

"아마, 사이트에 글 올리신 다음날 굉장히 많은 곳에서 연락이 오셨을 텐데…… 혹시 저 말고도 다른 곳에도 답신을 하셨나요?"

"아니요, 신중하게 생각해야 할 것 같아서 서은씨 외에는 아직 답신을 하지 않았습니다."

서은은 다행이라고 생각하며 고개를 끄덕였다. 그리고는 마치 중요한 사실을 잊고 있었다는 듯 '아!' 하는 소리를 내고는 경묵에게 자신의 핸드폰 액정을 내밀었다.

"이거 본인 맞죠?"

"네?"

아무런 생각 없이 서은의 핸드폰 액정을 바라본 경묵의 표정이 크게 일그러졌다.

[화제의 동영상 1위]

신촌역 앞 4:1 싸움

때리는 4명 엄청 안쓰럽네요.

혼자 싸우는 남자 대단합니다.

재생 횟수 : 860381회

좋아요 : 208821개

- -

댓글에는 근거 없는 억측들이 난무하고 있었다. 경묵이 사실 부상 때문에 은퇴한 퇴역 복서라느니, 인간 샌드백 아르바이트를 몇 년째 하고 있다든지, 생전 처음 들어보는 고등학교의 전설이었다느니 하는 근거 없는 억측들. 그 중에서, 제법 높은 좋아요 숫자를 자랑하는 댓글 하나가 눈에 들어왔다.

Soso654 : 저 오빠 내가 자주 가는 중국집 주방직원 인데……. 안 그래도 잘생겨서 먹으러 갈 때마다 힐끔힐끔 훔쳐봤는데 영상 보니까 더 멋있네. 베스트 댓글 된다면 내일 먹으러가서 인증샷, 후기 올리도록 하겠습니다.

좋아요 : 861

경묵의 머리가 지끈거리기 시작했다. 경묵은 양 손으로 자신의 뺨을 감싼 채로 고개를 숙이고 한숨을 쉬었다.

"하, 개자식들…."

경묵이 좌절하고 있는 와중에도 조회 수와 '좋아요'의 숫자는 계속해서 오르고 있었다. 쉬지 않고, 계속.

경묵은 고개를 숙인 채, 양 손으로 자신의 뺨을 어루만졌다. 귀찮은 일에 엮여버린 것 같아 짜증이 치솟았다.

사실상 서은이 경묵에게 보여준 동영상 외에도 수많은 동영상이 인터넷을 떠돌고 있을 것이라 예상하고 있었다. 어디 자신과 그 몰상식한 것들에게 핸드폰 카메라를 들이밀고 있던 이들이 한 둘 이던가?

서은이 경묵에게 말했다.

"사실 저도 오는 길에 그 동영상 보고 있었거든요. '좋아요'도 눌렀어요. 잘 피하시던데요? 화제의 동영상 1위 오르실 것 같던데, 사인이라도 받아야 되는 건 아닌지……."

말을 마치지 못한 서은의 입에서 '풉' 하고 웃음이 터지는 소리가 작게 들렸다.

경묵은 다시금 고개를 숙이고 양손을 깍지꼈다. 최대한 평정심을 유지하기 위해 노력하고 있었다.

서은은 초면에 실례를 한 것인가 싶은 마음에 다시금 진중한 목소리로 경묵을 위로하기 위해 애썼다.

"괜찮아요, 경묵씨 어차피 며칠 지나고 나면 사람들은 다 잊게 되어있어요, 경묵씨도 잘 알잖아요? 들쥐근성이다 냄비근성이다 이런 말들이 괜히 있는 것도 아니고……."

경묵은 무미건조한 표정으로 고개를 끄덕이고는 서은의 말을 잘랐다.

"괜찮습니다. 제 일은 신경 안 쓰셔도 됩니다."

"아…… 네……."

서은은 역시 실수한 것인가 싶은 생각에 고개를 끄덕이며 경묵의 눈치를 살폈다.

경묵은 자신이 촬영된 화제의 동영상 때문에 지속적으로 '평정심' 스킬이 발동한 탓인지 별다른 긴장감 없이 대화를 주도해나가고 있었다.

"다름이 아니라 말씀을 나누기 전에 미리 드리고 싶은 말씀이 있어서요."

"어떤…?"

"혹시 조언이나 도움에 대한 사례를 돈으로 해야 한다면 저는 당장은 해드릴 수가 없다는 점을 미리 말씀드려야 할 것 같아서요."

서은은 한 손으로 자신의 입가를 가린 채 웃음을 지어 보이며 말했다. 어깨까지 오는 갈색 머리카락이 살짝 흔들렸다.

"아, 그건 걱정하지 않으셔도 될 거에요. 제가 바라는 조건이라는 게 돈은 아니거든요."

"그럼 말씀하신 조건이 어떤 건지 알 수 있을까요?"

"생각보다 어려운 것도 아니에요."

"어떤 보상을 원하시는지 알아야 마음 편히 대화를 나눌 수 있을 것 같습니다."

서은은 고개를 끄덕이고는 말했다.

"혹시 각성자협회 사이트에 공략과 관련된 글들이 수도 없이 올라오는 이유를 아세요?"

"아니요……?"

"개개인의 성향의 따라 발전의 방향이 너무도 다르기 때문에 다들 도움을 얻거나 도움을 주기 위해서 그런 글을 남기는 것입니다. 경묵씨의 특수능력치가 무엇인지는 잘 모르겠지만, 제 특수 능력치는 '조제' 입니다."

경묵은 의외라는 듯 고개를 끄덕였다.

"아마도 제 원래 직업에 영향을 받은 것 같은데, 저는 약사거든요."

서은은 자신의 가방에서 명함을 꺼내서는 경묵에게 건네주었다.

[희망약국]

약사 : 최서은

TEL : 010 - 7117 - XXXX

주소 : 서울특별시 영등포구….

경묵은 서은의 명함을 자신의 지갑에 넣으려다가 그냥

외투 안주머니에 넣었다. 낡아 떨어진 지갑을 보이고 싶지 않다는 생각이 들어서였다.

"저는 현재, 복용 시 일부 특정 능력치가 일시적으로 증가하는 약들을 만들어서 판매하고 있습니다."

"그런게 가능합니까?"

서은은 고개를 끄덕여 보이고는 가방 안에서 고급스러워 보이는 약병에 담긴 물약을 하나 꺼냈다.

"현재, 각성자들이 '엘릭서'라고 부르는 물약입니다. 이 물건을 인벤토리에 넣어서 효과를 확인해보세요."

경묵은 엘릭서를 자신의 인벤토리에 넣고는 상태를 확인했다.

[엘릭서 : 초급 근력상승]

등급: 일반

유형: 사용 아이템

사용효과: 복용 시 30분 동안 근력을 +1 시켜준다.

효과를 확인한 경묵이 엘릭서를 인벤토리에서 꺼내 다시 건네려 하자, 서은은 손바닥을 들어 보이며 말했다.

"하나는 선물로 드리도록 할게요. 다음번부터 필요하시면 저한테 구입하셔야 해요."

"감사합니다."

"일정 수준에 도달하고 나면 능력치 1을 올리는 것도 어마어마하게 힘들기 때문에 수준 높은 능력자일수록 이런 버프 아이템들을 찾아다니곤 합니다."

경묵은 고개를 끄덕였다. 온라인게임만 놓고 보더라도 그랬다. 고 레벨의 유저일수록 자신의 스텟 1에 목숨을 걸고 몇 만원, 몇 십 만원을 투자해서 자신의 장비를 강화하려 들지 않던가?

경묵이 물었다.

"흠……. 그런데 도대체 어떤 이치로 물건에 힘을 실어넣을 수 있는지……."

"그거야 간단합니다. 저 같은 경우에는 약재료에 버프를 걸었거든요."

경묵의 눈이 휘둥그레 해졌다. 사람에게만 버프가 통할 것 이라는 고정관념이 깨지는 순간이었다. 이제야 수많은 길드와 팀에서 버퍼라는 직업군을 곁에 두고 싶어 하는 이유를 알 것 같았다. 서은은 말을 덧붙였다.

"상점 기능은 이용해보셨죠?"

"아, 네."

"각성자들은 상점을 블랙마켓이라고 부르곤 합니다. 블랙마켓에서 구입한 물품이 아니면 인벤토리에 넣을 수도 없고 강화가 되지 않는 것처럼, 그곳에서 구입한 약재료가 아니면 버프가 걸리지 않더군요."

경묵은 고개를 끄덕이고는 곧바로 서은에게 물었다.

"궁금한 사항이 하나 있습니다. GEM이나 초급 강화석 같은 것은 어디서 얻어야 하는 겁니까?"

"가장 기본적인 사항으로는 괴수들한테 얻을 수 있지만, 저 역시 괴수들과 맞서 본 적을 헤아려 본다면 열 손가락을 다 접기도 전에 끝이 납니다."

그럼 어떤 경로로 GEM이나 강화석 같은 것들을 손에 쥘 수 있다는 건지 이해가 가지 않는 경묵은 의아하다는 표정으로 서은에게 물었다.

"그럼⋯⋯?"

"각성자들과의 거래를 통해서 얻을 수가 있습니다."

경묵이 고개를 끄덕이자 서은이 미소를 지어보였다.

고른 치열이 드러나는 아름다운 미소였다.

"경묵씨는 각성을 계기로 어떤 목표를 두었는지 모르겠지만, 제가 부탁드리고 싶은 사항은 하나입니다."

"어떤⋯⋯?"

"저희들 세력에 가담해주시는 것입니다."

"세력이라면 길드나 팀을 말씀하시는 것 입니까?"

"아닙니다. 강요 또한 아니고 제의를 드리는 것이니 부담 갖지 마시고 들어주셨으면 합니다."

서은은 플라스틱 잔을 들어 빨대를 입에 갖다 대었다가 뗐다. 손톱에도 제법 공을 들인 것 같은 이쁜 무늬가 그려져 있었다. 경묵의 시선이 자신의 손톱을 향했다는 것을 확인한 서은은 웃음을 지으며 말했다.

"이 네일아트 조차도 제 능력치를 보정해주고 있는 상태에요."

서은은 놀란 경묵을 바라보며 미소를 한 번 지어보이고는 다시 입을 뗐다.

"저희들은 지금 이런 각성이라는 특별한 힘이 특정 인물에게 주어지는 배경과 근본적인 원인을 찾고 있습니다. 별다른 어려움은 없습니다. 그저 자신의 경험을 꾸준히 교류하는 것 외에 어떠한 강요나 규정사항도 없습니다."

경묵은 고개를 끄덕였다. 막상 각성을 한 사람들조차 호기심으로 다가가기에는 비상식적인 일이다 보니 근본적인 이유에 다가가려고 하는 사람들은 적었다.

서은은 말을 덧붙였다.

"현재 저희는 인류 진화의 한 단계로 각성을 받아들이기로 했습니다. 실제로 각성을 토대로 해서 수많은 사람들이 상상도 할 수 없는 발전들을 이룩하고 있으니까요."

경묵이 고개를 끄덕이자, 서은은 다시금 커피를 한 모금 들이키고는 말을 이었다.

"저희 세력에 가입을 생각해보시는 게 제가 제시하는 조건입니다. 사실상 버퍼로 각성한 사람들을 알고 있는 것만으로도 큰 도움이 되거든요."

"조금 더 생각을 해보도록 하겠습니다."

"그래요, 천천히 생각해 보세요. 실례가 되지 않는다면 경묵씨의 특수 능력치가 어떻게 나타났는지를 여쭤보아도 될까요?"

"조리입니다."

서은의 눈이 휘둥그레 해졌다.

"경묵씨, 정말 동영상 댓글처럼 중국집에서 일하시는 거에요?"

"네……. 그렇습니다……. 더군다나 댓글을 단 여학생이 누구인지 감이 올 정도네요."

"잘 됐네요. 저도 중식 좋아하거든요."

서은은 천진난만한 미소를 지어보였다.

"우습게 생각하실 수도 있겠습니다만, 저는 당장 괴수와 맞서고 그 안의 물건들을 통해서 부를 축척하고 싶은 생각은 하나도 없습니다. 물론 성장치를 올려서 제 신체를 인간 육체에 한계에 도달시키고 싶은 생각도 없고요."

"그럼……?"

"제가 일하고 있는 북경각을 국내 최고의 중국집으로 발전시키는 것이 제 목표입니다."

서은이 다시 한 번 '풉' 하고 웃음을 터트렸다. 자신의 앞에 앉은 남자가 귀엽게 보이기 시작했다. 서은은 한 손으로 자신의 목을 어루만지며 경묵에게 말했다. 목덜미를 드러내는 것은 서은의 최고 필살기였다.

"잘못되거나 나쁜 생각은 아니지만, 상당히 소박하시네요."

"돈이 많다면 좋겠지만, 없이도 행복하게 지냈었거든요."

"그렇다면, 경묵씨는 능력치가 상승되는 음식을 조리하실 수도 있겠어요."

"능력치가 상승되는 음식이요?"

경묵이 크게 놀라서 되묻자 서은은 고개를 끄덕였다.

"네, 제가 조제를 하는 것과 같은 이치 아니겠어요?"

서은의 말은 분명 일리가 있었다. 경묵이 고개를 끄덕이고는 서은에게 물었다.

"그럼, 그냥 근력강화나 민첩강화 같은 버프를 단순히 식재료에 걸면 된다는 것 인가요?"

"우선 이론상으론 그래요, 우선 해보는 것이 좋지 않을까요?"

"그건 조금 무리가 있습니다. 당장 가지고 있는 GEM이 하나도 없거든요."

서은이 미소를 지어보이며 말했다.

"혹시 지금 조리를 할 수 있는 곳이 있나요?"

"제가 일하는 가게에서 가능하겠네요."

서은이 밝은 목소리로 대답했다.

"그럼 지금 가서 한 번 해보도록 하죠."

"네?"

"제가 식재료를 구입하실 GEM을 지원 해드릴 테니, 옆에서 과정을 볼 수 있도록 해주세요."

경묵의 입가에 미소가 지어졌다.

"시간이 늦었는데 괜찮으십니까?"

"저는 상관없습니다."

"감사합니다!"

서은은 남은 커피를 마저 마시고는 미소를 지어보이고 는 말했다.

"이유 없는 호의는 아니니까 부담스럽게 생각 마세요, 제 호기심을 충족시키고 싶을 뿐이에요."

"알겠습니다, 그럼 지금 가도록 하죠."

두 사람은 인근에 주차되어있던 서은의 차로 이동했다. 서은의 차는 흰색 고급 외제 차였다.

아마 엘릭서를 통해 이미 상당한 부를 축척한 듯 했다. 차를 타고 가는 동안 경묵은 자신의 핸드폰으로 자신이 촬영된 동영상을 몇 번이고 재생해서 보았다. 좋아요 수 는 이미 100만을 향해 달려가고 있었다. 서은의 차가 북 경각 앞에 섰을 때 경묵은 결국 자포자기하는 심정으로 자신의 동영상의 '좋아요 ' 버튼을 눌렀다.

"들어가시죠."

경묵이 보안업체 카드를 태그하고 열쇠로 문 하단부의

잠금을 해제하며 말했다. 경묵과 서은은 기대를 안은 채로 북경각의 문을 열었다.

문을 열고 들어선 북경각은 고요했다. 야심한 시각에 북경각의 문을 열고 들어서는 것은 정말이지 오랜만이었다.

경묵은 주방 불만 키고는, 가스 밸브를 열었다.

서은은 식당 주방에 발을 들여 보는 것이 처음인지라 이리저리 고개를 돌리며 주방 안을 들러보기 시작했다.

"냉장고 열어봐도 되요?"

경묵은 가볍게 웃으며 대답했다.

"얼마든지요."

"우와 만두 정말 많다."

서은은 냉동실 한편에 잔뜩 쌓여있는 만두를 바라보며 행복한 미소를 지어보였다.

경묵은 인벤토리에서 자신의 +3 미니 팬을 꺼내들었다.

주방안을 열심히 둘러보던 서은이 말했다.

"중국집 주방은 더럽다고만 들었는데, 굉장히 위생적이네요."

"그럼요, 그거 다 옛말이에요. 청소를 얼마나 열심히 하는데요."

"시간이 시간이라 그런지 정말 출출하네요. 필요하신 재료가 무엇인지 말씀해주시겠어요?"

경묵은 메뉴판을 하나 집어 들어서는 서은에게 건네며 말했다.

"메뉴 고르시면 필요한 재료를 말씀드릴게요."

주방과 가장 가까운 자리에 앉아있던 서은은 미소를 지어보이며 메뉴판을 유심히 들여다보기 시작했다. 한참동안 메뉴판을 들여다보던 서은이 경묵에게 물었다.

"혹시, 술 좋아하세요?"

"싫어하는 편은 아니에요."

"그럼 우리 술 한 잔 할까요?"

"예?"

서은은 고개를 살짝 들어 보이며, 장난기 가득한 어투로 경묵에게 말했다.

"여기요, 짬뽕 하나랑 찹쌀 탕수육 하나, 소주 한 병이요. 잔은 2개 주시면 될 것 같네요."

경묵은 그런 서은을 바라보며 진심어린 웃음을 지어보였다.

"그런데, 서은씨. 모든 식재료에 버프를 다 걸어야 하는 거에요?"

"아니에요, 주 재료 몇 가지만 버프를 걸면 되요. 모든 약재에 다 버프를 걸고 제조를 해본적도 있는데 효과는 같더라고요."

경묵은 고개를 끄덕이고는 말했다.

"돼지고기 등심, 전분 조금, 밀가루 조금, 고춧가루 조금, 식용유 조금. 나머지는 주방에 있는 걸로 사용하면 될 것 같아요."

서은은 고개를 끄덕이고는 허공을 응시했다. 아마도 상점 기능을 이용하고 있는 것 같았다. 이로서 다른 각성자가 각성 기능을 이용하는 것도 자신의 눈에는 보이지 않는다는 사실을 알 수 있었다. 경묵은 다시 주방으로 들어가서, 사용할 재료를 모두 꺼내두었다. 얼마 지나지 않아 서은이 블랙마켓에서 구입한 재료들을 모두 선반 위에 올려두었다.

"더 필요한 건 없어요?"

"충분해요 이제 서은씨는 자리에 앉아서 기다리시면 되요."

서은은 총총 걸음으로 주방 밖으로 나서서는 테이블에서 주방 안을 바라보고 있었다.

경묵은 먼저 서은에게 받은 밀가루를 반죽 기계에 돌린 뒤에, 돼지고기의 핏물을 대충 빼내기 시작했다. 그리고는 전분과 물을 적정 배율로 혼합했다. 만든 물 전분은 탕수육의 튀김옷이 될 예정이었다.

버프의 지속 시간이 180초인 점을 감안한다면, 가열 조리 직전에 버프를 걸어야겠다는 생각이 들었다.

핏물이 빠지는 동안 소쿠리에 짬뽕에 들어갈 야채와 해

산물들을 잔뜩 담았다. 그리고는 자신의 중화 팬에 기름을 두르고는 불을 강하게 켜고 기름을 이리저리 움직이며 팬 전체에 두르기 시작했다. 팬으로 가열한 기름을 한 국자만 남겨놓고 나머지는 옆에 놓인 기름통에 부었다. 기름에서 연기가 스물스물 올라오자 소쿠리에 담아둔 짬뽕 야채와, 오징어를 중화 팬에 던져 넣었다.

해산물은 보통 마지막에 넣지만, 잘 익지 않아서 한 번 볶아줘야 하는 오징어 같은 경우는 야채와 함께 넣고 조리한다.

뜨겁게 달구어진 기름에 야채와 오징어가 닿자마자 크게 불이 일었다.

앞에 앉아 구경하던 서은이 깜짝 놀라 주방 안을 쳐다보고는 앉은 자리에서 넋을 놓고 작게 박수를 쳤다.

그 다음, 고춧가루를 집어 들고는 근력강화 스킬을 사용했다. 경묵의 손끝에 빛이 잠깐 맴돈 후, 눈앞에 상태창이 나타났다.

['고춧가루'에 근력 상승효과가 부여되었습니다.]

상태 창을 보고 있노라니 괜스레 웃음이 났다. 과연 완성된 요리에는 능력치를 올려줄 수 있는 효과가 붙어 있을지가 관건이었다.

경묵은 우선 강화한 고춧가루를 야채에 넣고 함께 볶았다. 한참을 타지 않도록 지속적으로 잘 지지고 볶아주던 경묵은 끓는 물을 넣었다. 그리고는 나머지 해산물을 넣고, 미원과 소금, 다진 마늘을 조금 넣고 끓여냈다. 냄새는 평소와 다르지 않았고, 외관상으로 보기에도 평소와 크게 다르지 않은 짬뽕국물이 완성 되어가고 있었다. 짬뽕 국물이 어느 정도 끓고 나서 경묵은 화구의 불을 줄였다.

그 다음엔, 반죽 기계에 넣었던 밀가루반죽으로 면을 만들어냈다. 면을 면 통에 넣고 삶기 전에 경묵은 면에도 '근력 강화' 스킬을 사용했다.

면을 삶은 경묵은 소쿠리에 면만 건져내서 물기를 털기 시작했다.

착—착—

면이 소쿠리에 달라붙으며 물이 아래로 떨어지는 소리가 주방 안에 울려 퍼졌다. 딱 보기에도 쫄깃쫄깃하게 생긴 면발이 소쿠리에 담겨 있었다.

처음에는 면의 물기를 터는 것 때문에도 상당히 고전했었다. 보기에는 쉬워 보이는 작업이지만, 어느 정도의 숙련도가 필요한 작업이었다.

물기가 빠진 면 위에 완성된 짬뽕 국물을 부었다. 김이 모락모락 올라오는 짬뽕 위에 부추를 올리고는 음식이 홀로 나가는 선반 옆에 놓인 벨을 눌렀다.

띵~!

울려 퍼지는 벨 소리에 서은이 일어나 선반가까이로 와
서는 짬뽕을 바라보기 시작했다.

"오~~ 맛있게 생겼는데요?"

"가져가시면 됩니다."

"탕수육은요?"

"지금 바로 튀겨서 내드릴게요."

경묵은 재빠르게 핏물이 빠진 등심에 소금과 후추로 밑
간을 하고 민첩 강화 스킬을 사용했다.

곧바로 물 전분에도 민첩 강화 스킬을 사용했다.

['돼지고기 등심' 에 민첩상승 효과가 부여되었습니다.]

['물 전분' 에 민첩상승 효과가 부여되었습니다.]

경묵은 아까 달구어둔 기름을 미니 팬위 붓고는 다시
기름을 가열하기 시작했다. 적정 온도가 되었을 때, 탕수
육을 하나 둘 튀겨내기 시작했다. '조리가속' 스킬의 효
과를 확실히 체감할 수 있었다.

경묵은 다 튀겨낸 탕수육을 접시위에 담아내고는 다시
벨을 울렸다. 흰색 튀김옷을 입은 탕수육이 뜨거운 연기
를 뿜어내고 있었다.

서은은 완성된 탕수육을 보고는 입을 다물지 못했다.

그런 서은을 바라보던 경묵이 서은을 진지한 목소리로
불렀다.

"서은씨."

"네…?"

경묵은 팔로 선반을 짚은 채로 서은을 빤히 쳐다보며 물었다.

"부먹? 찍먹?"

소스를 부어줄지 아니면 찍어서 먹을 수 있도록 담아 내 줄지를 묻는 말이었다.

그런 경묵을 바라보는 서은의 심장박동이 미세하게 빨라지기 시작했다. 서은은 볼에 홍조를 띠고는 말했다.

"저…… 저, 저는 찌…… 찍… 어 먹는 게 좋아요."

"저랑 취향이 같네요? 저도 먹는 속도가 느려서, 찍어 먹는 걸 더 좋아하거든요. 어쨌든 들고 가서 자리에 앉아 계세요. 소스 들고 나갈게요. 금방 만들어요."

탕수육 접시를 집어 들고 뒤 돌아선 서은의 얼굴이 빨개졌다.

'뭐야, 나 갑자기 왜 이러지……?'

짐짓 당황한 듯 보이는 서은은 제 자리에 앉아 경묵이 나오기를 기다리고 있었다.

경묵은 이마에 맺힌 땀방울을 한 번 닦아낸 뒤에, 재빠르게 탕수육 소스를 만들어냈다.

얼마 지나지 않아 탕수육 소스의 새콤한 향기가 서은의 코끝에도 닿았다.

소스를 들고 나온 경묵은 소주 잔 두 개와 소주 한 병을 꺼내 들어서 테이블 위에 올렸다.

"서은씨, 어때요?"

"정말 맛있게 생겼어요."

경묵은 미소를 지어보이며 서은에게 말했다.

"그거 말고, 능력치 말이에요. 버프가 걸린 걸까요?"

서은은 달아오른 두 뺨을 자신의 손바닥으로 어루만지고는 대답했다.

"확인해 볼게요. 잠시 만요."

[맛좋은 짬뽕]

등급: 일반

설명: 정성껏 조리하여 접시에 담아낸 짬뽕. 맛이 좋다.

사용효과 : 맛있게 먹고 나면 3시간동안 근력 +1

[맛좋은 찹쌀탕수육]

등급: 일반

설명: 겉은 바삭 속은 쫄깃, 고기는 부드러운 찹쌀탕수육. 맛이 좋다.

사용효과 : 맛있게 먹고 나면 3시간동안 민첩 +1

사용효과를 관찰한 서은이 경묵을 바라보며 미소를 지었다.

경묵 역시 자신 앞에 나타난 상태 창을 읽고 있었다. 점점 경묵의 입가에 미소가 떠오르다가 이윽고 탄성을 내질렀다.

"이야!"

테이블 위에 올려진 짬뽕에서는 김이 모락모락 올라오고 있었다.

"맛도 좋은지 한 번 먹어봐야겠는데요? 몸에 좋은 건 입에 쓰다잖아요."

서은은 젓가락으로 집어든 면발을 후– 하고 불고는 그대로 입에 넣었다. 면을 입에 넣고 오물오물 씹던 서은의 눈이 둥그레졌다.

"와, 우선 면은 정말 쫄깃쫄깃해요."

서은은 곧바로 숟가락을 집어들고는 국물을 떠서 입가에 대고는 호로록– 소리를 내며 빨아들였다. 불내를 잔뜩 머금은 국물은 담백하면서도 기름진, 매콤함과 칼칼함의 중도를 지키는 맛이었다.

"정말, 너무 맛있어요. 혹시 연래춘이라고 아세요?"

"아, 네 알다마다요."

"진짜 너무 맛있어요…. 연래춘 짬뽕보다 맛있는 짬뽕은 처음 먹어봐요, 안주가 이렇게 맛있는데…."

서은은 한 번 미소를 지어보이고는 능숙하게 소주병을 잡아서 흔들었다.

"혹시 오늘 같은 날에 술 빼시는 건 아니겠죠?"

"서은씨, 내일 출근 안 하세요?"

"저는 기어서라도 출근할 생각이니까 경묵씨도 여기서 쪽잠 주무시고 바로 일하게 되는 한이 있더라도 술 빼시면 안 돼요."

"서은씨, 술 잘 마시나 본데요?"

서은은 게슴츠레하게 뜬 눈으로 경묵을 바라보며 대답했다.

"그럼요, 비실비실한 남자들 보다는 잘 마실걸요?"

서은이 경묵의 자존심을 긁기 시작했다. 경묵은 고개를 끄덕이며 입가에 미소를 지어보였다.

오기와 자존심 하나로 살아온 경묵이었다. 어렸을 적부터 경묵은 걸어오는 싸움은 절대로 피하지 않았다. 머리가 굵어지고 나서는 기준이 조금 바뀌었을 뿐, 법에 저촉되지 않는 선에서의 내기라면 절대로 거절하지 않는 경묵이었다. 경묵은 소주병을 집어 들고는 서은을 지그시 바라보며 말했다.

"한 잔 받으시죠 서은씨."

경묵은 서은의 술잔에 술을 따르며. 서은이 암묵적으로 걸어오는 내기를 승낙했다.

그게 비록 세상에서 가장 멍청한 짓 중 하나라고 하는 주량 내기라고 하더라도.

✿

다음 날 아침, 경묵은 머리가 지끈거려 도저히 잠을 더 잘 수가 없었다. 잠에서 깬 경묵은 주변을 둘러보았다.

"으으……."

집이었다. 곧장 시계를 확인한 경묵은 안도의 한숨을 내 쉬었다. 다행히도 시침은 아직 7시를 가리키고 있었다. 경묵은 물밀 듯 밀려오는 갈증 탓에 물을 들이키기 시작했다. 어제 어떤 일이 있었는지, 도대체 자신이 어떻게 집으로 들어오게 된 것인지에 대해서 단 하나의 기억도 나질 않았다. 서은과 술을 마신 것 까지만 온전히 기억이 날 뿐, 심지어 중간 중간마저도 기억이 나질 않았다. 경묵은 핸드폰으로 서은에게 메시지를 보냈다.

[서은씨, 잘 들어가셨어요?]

한 손으로 자신의 지끈거리는 이마를 꽉 쥔 채로 앉아 어제를 기억해내려고 애쓰고 있던 경묵은 출근 준비를 시작했다. 출근 준비를 마치고 집 밖으로 나선 경묵이 버스 정류장에 섰을 때, 어김없이 정류장은 학생들로 붐볐다. 몇몇 학생들의 따가운 시선을 느낀 경묵은 고개를 푹 숙인 채 생각했다.

'설마 동영상 때문에 알아보는 건가?'

그러나 아무도 경묵에게 말을 걸거나 하지는 않았다. 경묵은 버스를 기다리는 동안 자신이 촬영된 동영상을 한 번 더 보았다. 자신이 촬영된 동영상은 화제의 동영상 1위에 올라 있었다.

'그래, 긍정적으로 생각하자.'

남들은 한 번 살면서 해보지도 못할 경험이지 않은가? 막상 아무도 말을 걸거나 하진 않는 것을 보면, 알아보는 이는 아무도 없는 것 같았다. 다만 걱정이 하나 있었다. 베스트 댓글 때문에 가게 앞에 사람들이 북적이고 있는 것은 아닐지 하는 걱정. 그러나 곧 그 걱정도 사라지게 되었다.

버스에서 내린 경묵이 가게 앞에 다다랐을 때, 돌 다리도 두들겨 보고 건너라는 말이 떠 올랐다. 골목 뒤에 몸을 숨긴 채로 가게를 슬쩍 훔쳐본 경묵은 헛웃음이 나왔다. 평소와 다를 것이 없었기 때문이다.

'이런 게 말로만 듣던 연예인병 이라는 건가?'

평소와 다름이 없는 일상이었다. 자신이 너무 과하게 상황에 몰입해 있던 것인가 싶은 마음에 연신 웃음이 터져 나왔다. 골목 뒤에 자신이 몸을 숨긴 채 오버하는 모습을 만약 정혁이 봤다고 생각하면 얼마나 놀림을 받을지

끔찍한 일이었다. 가게 문을 열고 들어선 북경각은 평소와 다름없이 조용했다. 홀 테이블이 깨끗한 것을 보니 아마도 새벽에 치우기는 다 치우고 집으로 간 모양이였다. 웬만해서는 필름이 끊기지 않는 경묵인데, 도대체 어제 얼마나 마신 것일까?

핸드폰을 열어 자신이 서은에게 보낸 메시지를 확인해 보았지만, 서은은 아직 자신이 보낸 메세지를 읽지 않은 상태였다. 자신이 무언가 실수를 한 것은 아닐까 잠깐 걱정했지만, 여태껏 술 때문에 실수를 한 적이라곤 한 번도 없는 경묵이었다. 과하게 술을 먹은 날은 항상 눈 떠보면 집이었고, 전 날 술을 함께 마신 친구들에게 물어보면 돌아오는 대답은 항상 같았다.

"너 어제 돈 주고 갔잖아 피곤하다고. 혹시 필름 끊겼냐?"

아마 어제도 별반 다를 것이 없을 거라는 생각이 들었다. 경묵은 고개를 저으며 생각을 선회시키고는 주방 불을 켜며 소리 내서 말했다.

"좋아, 오늘도 시작해 볼까?"

경묵은 평소와 다름없는 하루를 시작했다. 오히려 평소보다 더 힘차게 하루를 시작하고 있었다. 음식에 버프를 걸 수 있다니, 잘만 생각하면 정말 대박이 될 수도 있는 건덕지였다.

경묵은 준비를 하는 내내 버프 요리를 어떻게 써먹어야 하는지를 고심하고 있었다. 버퍼의 수요가 부족한 만큼, 버퍼를 갖추지 못한 길드나 팀이 많았고 그 덕분에 서은의 엘릭서 판매량이 늘어난 것이리라는 추측을 하고 있었다. 자신의 음식이라고 해서 기하급수적인 판매를 이룩하지 못하리라는 법이 없었다.

가게 안으로 들어선 정혁은 경묵과 눈이 마주치자마자 경묵을 향해 뛰어왔다.

"야, 야 경묵아 혹시나 해서 물어보는 건데 이거 혹시 너냐?"

정혁이 경묵의 눈앞에 들이민 것은 자신의 핸드폰, 아니나 다를까 액정에는 자신이 촬영된 동영상이 떠 있었다.

"이거 너 맞지?"

"아니에요 형."

정혁은 경묵을 툭툭 치며 대답을 강요하듯 말했다.

"맞잖아 인마!"

"아니라니까요?"

천연덕스러운 경묵의 말투에 정혁이 한 보 후퇴하듯 물었다.

"아니라고?"

"네."

"맞는 것 같은데?"

정혁은 말을 마치자마자 경묵의 얼굴을 향해 빠르게 주먹을 내질렀다.

경묵은 반사적으로 정혁의 주먹을 몸을 비틀어 간신히 피했다.

"맞네, 이 자식."

"형! 맞으면 어떻게 하려고 그렇게 세게 휘둘러요?"

"피할 거잖아."

"아니, 못 피했으면 어쩌려고 그렇게 세게 때리냐는 말이죠."

"피할 거 다 알았지. 이거 너 잖아."

"그래요! 저 맞아요! 그래도 못 피했으면 어쩔 거냐는 거죠!"

사실상 민첩강화나 근력강화 스킬을 쓰지 않는다는 가정 하에는 경묵의 전투능력이 일반인보다 대단한 편까지는 아니었다.

정혁은 자신의 팔로 경묵의 목을 감싼 채, 힘을 주어 목을 졸라대며 말했다.

"이 자식! 형님한테는 사실을 고해야 할 거 아냐?"

"켁!켁! 알았으니까 좀 놔줘요 형. 짜장이나 볶아요."

"어라, 화제의 동영상 1위가 되더니 기고만장해져서 그런가? 뉘우치는 기색이 안 보이는데?"

"1위건 2위건 오늘 장사하려면 얼른 준비해야죠!"

간신히 정혁의 팔에서 벗어난 경묵은 한참동안 켁켁 거리다가 정혁에게 말했다.

"형, 그런데 혹시 정말 가게로 찾아오거나 하지는 않겠죠?"

정혁은 한 손으로 자신의 턱을 쓸며 대답했다.

"모르는 일이지, 근데 댓글 보니까 완전 난리도 보통 난리가 아니던데, 그래도 설마 동네 변두리 중국집까지 보겠다고 찾아오지는 않을 거 같기도 한데……."

경묵도 동의하는 바였다. 경묵을 보겠다고 동네 변두리 중국집까지 찾아오겠다니, 경묵의 상식선에서는 말도 안 되는 일이었다.

"하긴, 그런 귀찮은 짓을 누가 하겠어요."

"이야 그런데 대단하긴 하네. 있다가 사장님하고 사모님도 보여드리자."

경묵은 손사래를 치며 부정의 의사를 표했다.

"안 돼요! 그건!"

"왜?"

"사장님 보시면 플랜카드 달 수도 있을 걸요?"

경묵의 말을 들은 정혁이 웃음을 터트리고는 대답했다.

"그러게 그러실 수도 있겠다. 그럼 그것도 그거 나름대로 볼만 하겠네."

"아 하여튼, 사장님 보여드리는 건 절대로 안 돼요."

경묵은 볼멘소리를 하며 주방 밖으로 나서자 정혁이 물었다.

"야, 너 어디가!"

"화장실 갑니다! 허락 맡고 갈까요?"

별 다를 것 없는 하루의 시작이었다. 평소와 다름이 없었고, 경묵과 정혁의 예상이 맞아 떨어지는 것처럼 보였다.

적어도 점심 장사가 시작되기 전 까지는.

아침식사를 마친 북경각의 직원들이 식사를 한 접시를 치우기도 전에 하나 둘 손님이 들어서기 시작했다. 그때까지는 평소와 다를 것이 없었지만, 유난히 홀 손님이 많기는 했다.

그 때, 자신의 핸드폰을 보던 정혁이 경묵에게 소리쳤다.

"야, 경묵아 큰일났다."

"왜요 형?"

"이것 좀 봐."

정혁이 보여준 것은 동영상 아래로 달린 댓글이었다.

sungha456 : 저분 중국집 주방일 한다는 게, 사실? 역시 중국집 주방에 숨은고수들 많은 듯.

pillip : 저 분 일하신다는 중국집 어디인지 혹시 아시는 분 안계세요? 한 번 가보고 싶은데.

hohoazom : 호호, 저는 오늘 그 중국집 한 번 가보렵
니다.

rnsxn327 : 궁금해 하시는 분들이 많은 것 같아서, 동
영상에 나오신 분이 일하는 북경각의 상세 위치입니다.
서울특별시……

경묵은 크게 좌절했다.

북경각의 상세 주소가 적힌 댓글은 이미 좋아요 1000
을 넘어선 상태였다.

경묵이 난데없는 북적거리는 소리 때문에 홀로 다시 시
선을 돌렸을 때, 홀 테이블은 순식간에 만석이 되었고, 가
게 문 앞에는 손님들이 줄을 서서 기다리는 여태껏 한 번
도 본 적 없는 상황이 펼쳐졌다.

사장님은 문 앞에 서서 손님들의 대기표를 나눠주고 있
었고, 주문표를 뽑아주는 포스 기계는 쉴 새 없이 울어대
며 주문표를 뱉어 냈다.

배달량은 평소와 비슷했지만, 주문 전화를 받는 사모님
은 배달이 지연될 수 있다는 안내를 부연하고 있었고, 음
식을 기다리는 손님들은 자신들의 휴대폰 카메라로 주방
안의 경묵을 찍어대고 있었다.

"제기랄."

계산을 하면서 경묵에게 사인을 받을 수 있냐 거나, 사
진을 함께 찍을 수 없냐고 묻는 손님들도 비일비재했다.

격투기 선수로 전향을 해볼 생각이 없는지 알아봐달라며 명함을 주고 간 손님도 있었고, 사장에게 혹시나 하는 마음으로 경묵이 각성자인지를 묻는 손님들도 꽤 있었다.

　점심시간이 끝나기도 전의 매출이 북경각의 평균 하루 매출을 훨씬 뛰어넘었다. 배달은 당연히 밀릴 수밖에 없었고, 홀 손님들에게 나가는 음식들조차 만약을 위해 구비해놓은 포장용기에 담겨 나갔다. 설거지는 비워도, 비워도 순식간에 잔뜩 쌓이곤 했고, 경묵과 정혁은 눈코 뜰 새 없이 음식을 조리해야 했다. 지금도 실시간으로 인터넷에는 자신이 북경각에 왔음을 인증하는 게시물들이 우후죽순처럼 게시되고 있었다.

　사진 有) '신촌 4:1 싸움남' 이 일하는 북경각 인증.
　정말 설마, 설마 하면서 왔는데 여기서 일하시는 거 맞네요.
　주방 안 슬쩍 엿보면 왔다 갔다 하시는 것만 살짝살짝 보이는데 동영상에서 본 것보다 잘생기셨음.
　음식도 엄청 맛있고……. 집에서 멀지 않은 거리라 종종 와야겠다는 생각이 드네요.
　사진은 아래에 첨부합니다.
　댓글 81
　dopa1 : 저는 지금 줄서서 기다리는 중인데 부럽습니다.

subin9103 : 저도 먹고 나왔는데, 정말 맛있네요. 종종 와야겠어요.

cream : 맛있는 북경각 원래 종종 시켜먹었었음. 그 사람 거기서 일하는 거 맞구나.

ohriana : 그런데 그 분 정말 각성자 아닐까요?

sohyun7 : 아닐 걸요? 님 같으면 각성하고 중국집 주방에서 일 하겠음?

가장 행복한 사람은 단연 사장님이었다. 사장은 비교적 한산해졌을 때, 주방으로 들어오셔서는 경묵에게 달려들었다.

본능적으로 뒷걸음질을 치던 경묵은 사장님에게 안길 수밖에 없었다.

사장님은 경묵을 꽉 끌어안은 채로 말했다.

"이 녀석, 복덩이 같은 녀석!"

"아 정말, 일 해야 돼요 사장님!"

경묵은 연신 표정을 찡그려대며 사장을 떼어내려 바동거렸으나 아무런 효과가 없었다.

사장은 그런 경묵을 오히려 더 꽉 끌어안을 뿐 이었다. 이윽고 사장은 눈물을 글썽이며 경묵에게 말했다.

"지금껏 장사하면서 손님이 줄 서서 기다린 건 오늘이 처음이다. 처음이야. 경묵이 네가 내 꿈을 이루어 주는구나."

경묵은 사장의 말을 듣고 나니 기분이 많이 좋아졌다. 서은이 자신에게 해 주었던 말처럼 어차피 금방 지나갈 상황이 아니던가? 얼마 지나고 나면 다른 동영상이 1위 자리를 탈환하고 사람들이 자신을 잊을 것처럼, 북경각도 잊혀질 것이다. 현재의 행복을 사장이 충분히 만끽할 수 있도록 경묵도 사장을 꽉 끌어안고는 등을 토닥여주며 말했다.

"사장님, 앞으로는 더 잘될 거에요."

정혁은 그런 둘을 바라보며 연신 고개를 저었다. 어쨌든 그 날, 북경각은 역대 최고 매출을 기록했다. '연래춘'을 비롯한 큰 규모의 가게들이라면 우습게 팔아낼 금액이겠지만, 북경각으로서는 도저히 거둘 수 없는 쾌거를 이룩한 셈이었다.

사장은 조만간 한 번 회식을 하자며 난리를 쳐댔다. 그렇게 소고기 회식 약속을 받아낸 직원들은 고된 하루였음에도 불구하고 웃으며 환복을 하고 있었다.

하루 종일 핸드폰은 손에 대지도 못한 경묵은 그제야 연락 온 곳이 없는지 확인하기 시작했다. 아니나 다를까, 서은에게 답장이 와 있었다.

[최서은 : 네…. 잘 들어온 편이죠. 오늘 시간 되세요?]

[네, 어디서 뵐까요?]

경묵은 곧장 답장을 보내긴 했지만, 이미 온지 5시간도 더 된 메시지였다. 서은의 의미심장한 말이 마음에 걸렸다. 설마 어제 내가 실수라도 한 건 아니겠지?

"들어가 보겠습니다."

인사를 하고 가게 밖으로 나선 경묵은 자신이 나오기를 기다리던 몇몇 손님들에게 사인을 해주거나 사진을 함께 찍어주고 나서야 가게 앞을 벗어날 수 있었다. 이내 허기를 느낀 경묵은 북경각 골목입구의 호떡을 파는 푸드트럭으로 향했다.

트럭 위에서 호떡을 굽던 남자가 경묵을 보고 반갑게 인사했다.

"오, 경묵씨 오랜만이네 어서와요."

"안녕하세요. 사장님, 잡채 호떡 하나 주세요."

"그래, 잠깐만 기다려요."

남자는 자주 오는 탓에 친해진 푸드트럭의 사장이었다. 때로 이런 저런 얘기를 하기도 했고, 사장도 가끔씩은 끼니를 해결하러 북경각에 들러서 식사를 하곤 했다. 능숙한 솜씨로 호떡을 구워낸 남자는 경묵에게 호떡을 건넸다.

경묵은 건네받은 호떡을 호호 불고는 크게 한입을 베어 물었다. 경묵이 한 입 베어 물고 나자, 김이 모락모락 올라오는 속이 보였다.

잡채호떡은 말 그대로 호떡 안에 잡채가 들어있는 호떡

이다. 당면과 고기의 비율이 상대적으로 높고, 짭짤하면서도 심심한 맛이 경묵을 자주 이곳에 발걸음하게 만들었다.

오물오물 대며 잡채호떡을 먹던 경묵이 사장에게 말했다.

"저도 예전에는 푸드트럭 하나 사는 게 작은 꿈이었는데, 볼 때마다 드는 생각이지만 사장님 참 멋있어요."

"한 번 해봐요, 투자금도 생각보다 크지 않고 밑져야 본전이다 이거야. 다들 어떻게든 먹고 살 만큼은 어떻게든 버니까. 잘 안 되면 그냥 마는 거지 뭐"

말을 마친 사장은 특유의 호탕한 웃음을 지어보이곤, 호떡을 구워내고 있었다. 전에 직접 들은 바에 의하면 푸드트럭 사장도 중소기업의 직원이었다고 들었다. 해보고 싶어서 말 그대로 그냥 한 번 해본 푸드트럭이 제법 잘 된 것이라는 이야기도.

"푸드트럭이라……."

호떡을 다시 한 입 크게 베어 문 경묵의 머릿속에 불현듯 생각 하나가 떠올랐다.

'던전 앞에서 푸드트럭으로 버프 요리를 판다면?'

경묵은 자신의 입 안에 잡채호떡이 잔뜩 들어있다는 사실을 잊은 채 소리를 내질렀다.

"그래! 이거야! 푸드트럭!"

잘게 조각난 잡채호떡이 비처럼 내리며 사방으로 흩어졌다. 푸드트럭의 사장은 동작을 멈춘 채 멍한 표정으로 경묵을 바라볼 뿐, 어떠한 말도 하지 못했다.

외전. 지난 밤의 비밀
MODERN FANTASY STORY

각성!
북경각

외전. 지난 밤의 비밀

MODERN FANTASY STORY

한 편 서은은 이른 아침에 자신의 핸드폰 알림 때문에 간신히 눈을 떴다. 핸드폰 액정에서 새어 나오는 빛이 서은의 눈을 찌르는 탓에, 힘겹게 뜬 눈으로 와있는 연락들을 확인하기 시작했다.

[임경묵: 서은씨, 잘 들어가셨어요?]

시간을 확인한 서은은 핸드폰 잠금 버튼을 다시 누른 다음에, 자신의 핸드폰을 이불 한 편에 대충 쑤셔 박고는 다시 몸을 웅크렸다. 이불 안에 숨어있으니 따뜻하고 아늑했지만 이런 저런 생각 탓에 쉽게 다시 잠들지 못했다. 눈만 깜박이던 서은은 얼마 지나지 않아 이불을 젖히듯 열며 자리에 앉았다.

"후……"

자신의 상식으로는 도저히 이해할 수 없는 일이였다. 어째서…… 어째서, 도대체 왜! 초면인 자신에게 가게 청소를 시킨 걸까?

전날 저녁.

두 사람이 즐겁게 술을 마시던 도중, 경묵은 갑자기 자신의 주머니에 한 손을 넣고는 자리에서 일어났다. 서은도 많이 취해있던 터라 정확히 기억은 나지 않지만, 경묵은 자리에서 일어나서도 주머니에 넣은 손을 빼지 않고 한참을 뒤적거리더니, 돈을 꺼내서 주고는 한 손으로 서은의 어깨를 두드리며 이렇게 말했다.

"그래그래 나 들어갈게요, 오늘 재미있었어요. 여기 사장님 힘들게 하지 말고 깨끗하게 먹고 조심히 들어가세요. 이걸로 계산하시고."

경묵은 꼬깃꼬깃 하다 못해 꾸깃꾸깃한 만원짜리 지폐 3장과 천원짜리 지폐 5장을 남기고는 콧노래를 부르며 가게 문을 나섰다.

졸지에 갑자기 혼자 가게 안에 남게 된 서은은 아무런 생각도 들지 않았다. 그도 그럴 것이 너무 순식간에 벌어진 일이기도 했고, 처음에는 그냥 무슨 장난을 치는 것인가 싶기도 하였는데 30분이 지나서도 상황에 아무런 변화가 없음을 깨달은 서은은 그제야 현실을 받아들였다.

서은은 그제야 그냥 가게 밖으로 나서려고 옷을 입고 가방을 맸다가 난잡하게 어질러진 테이블을 바라보고는 다시 가방과 옷을 가게 의자에 내려두었다. '사장님 힘들게 하지 말고 깨끗하게 먹고 가라'는 경묵의 말이 무슨 뜻인지 정확히는 모르겠지만 분명한 것은 '네가 치우고 가라'는 말을 순화해서 한 것이란 사실이었다.

　그럼 3만 5천원은? 청소비?

　술기운에 괜한 서러움이 폭풍같이 몰려왔다.

　"내가 왜……."

　서은은 눈물이 글썽거리는 눈으로 몇 개 안되는 접시들을 주방 선반으로 나르고, 빈 소주병을 공병을 모아둔 상자에 꽂아두고 물을 묻힌 휴지로 테이블 위를 닦았다. 그리고는 주방 안으로 들어가 사용했던 식기와 접시, 컵을 닦기 시작했다.

　온수를 켜는 방법을 몰라 찬 물로 설거지를 하고 나니 서러움이 배가 되었다.

　서은은 차가워진 자신의 손을 녹이듯 호-호- 하고 불어대며 가게 밖으로 나섰다.

　가게 문을 닫은 채로 쭈그려 앉아 문을 잠그기까지 하였다. 문을 잠그고 나서야 대리운전을 불렀고, 바람을 피해 자신의 차 안에서 기다렸다.

　집에 가는 동안, 그리고 잠들기 전까지도 경묵의 의도

를 생각해 보았지만 통 알 수가 없었다. 그리고 그 의문은
아직까지 풀리지 않았다.

'도대체 무슨 생각으로 나한테 청소를 시킨 거야……?'

돈을 주고 먼저 집으로 가는 게 경묵의 단순한 술버릇
임을 서은이 알 리가 만무했다.

경묵이 술을 먹던 곳이 자신의 가게라는 것을 망각한
탓에 벌어진 단순한 해프닝이었다.

그러나 서은은 도저히 용납할 수 없다고 생각하고 이를
갈고 있었다. 그런 상황에 경묵이 너무도 뻔뻔스레 연락
을 취해 온 것이다.

'설마 기억 못 하는 거 아니야?'

불안한 생각이 서은의 뇌리를 스치고 지나갔다. 기억을
하더라도 못한다고 잡아떼면 기억 못하는 것이 되는 게
아니던가? 그 와중에도 눈을 감기만 하면 경묵의 핏줄 선
팔뚝이 보이는 듯 했고 목소리가 귓가에 아른거렸다.

'……서은씨? … 부먹? 찍먹?'

서은은 자신의 머리카락을 마구잡이로 헝클어트리고
나서는 멍한 표정으로 고개를 돌렸다. 침대 옆 화장대 거
울에 비친 자신의 몰골에 다다라서야 시선을 멈춘 서은은
생각했다.

'이사람, 혹시 지금 나 가지고 노는 건가?'

서은은 한참이 지나서야 경묵에게 답장을 보냈다. 어떻

게 보내야 경묵이 자신의 실수를 기억 못하더라도, 실수 했음을 깨달을 수 있을지에 대해 고민하고 고민하다가 보낸 답장이었다.

[네…. 잘 들어온 편이죠. 오늘 시간 되세요?]

'잘 들어온 편이죠'

서은이 할 수 있는 말 중에서 가장 공격적이면서도 체면을 유지할 수 있는 말 이었다. 서은은 자신이 보낸 문자가 흡족한지 한참을 키득거리며 핸드폰 액정을 바라보다가 화장대 거울 안의 자신을 바라보며 한껏 도도한 표정으로 소리 내어 말했다.

"뭐……. 잘 들어온 편이죠."

그리고는 할 수 있는 선에서 가장 가련해 보이는 미소를 지어 보이고는 다시금 혼자 낄낄 거리기 시작했다. 그제야 출근 준비를 시작한 서은은 씻고 나와서 한 번, 화장을 마치고 한 번, 주차장에 다다라서 한 번, 자신의 약국 앞에서 한 번 핸드폰을 확인했다.

서은이 많은 경우의 수를 감안하여, 몇 가지의 레퍼토리를 예상해 두기는 했지만, 적어도 서은이 예상한 경묵의 답장은 '혹시 어제 제가 무슨 실수라도 했나요?' 이었지, 답장이 안 오는 것은 아니었다.

약국에 도착한 서은은 마지막으로 핸드폰을 한 번 들여다보고는 곧장 '집무실' 이라는 명패가 붙은 방 안으로 들어섰다. 그때도 경묵이 보낸 답장은 오지 않았다.

서은의 약국은 표면상의 영업만을 하고 있었을 뿐, 사실상 실 업무는 관리하고 있는 인터넷 사이트를 통해 엘릭서의 주문을 받고 판매하는 것이었다. 판매할 수 있는 양이 한정되어 있기 때문에 예약주문을 받았고, 각성자 대부분이 레이드를 가기 며칠 내지 몇 주 전에 예약을 해야 제 날짜에 서은의 엘릭서를 받아볼 수 있었다. 고용된 진짜 '약사'의 업무를 하는 2명이 약국을 관리하고, 나머지는 서은의 몫이었다.

약국 안에 비치된 '집무실' 명목의 방에서 서은은 주문 접수와 제조를 동시에 처리했다.

밀린 일을 처리하고 주문받은 엘릭서를 만드는 동안은 일에 몰두하다보니 잠시 이런저런 감정들을 잊고 있었다지만 문제는 그 후였다.

밀린 일을 마친 서은은 한 시간, 두 시간이 지나면 지날수록 무언가 말할 수 없는 분노가 치밀어 올랐다.

다시 문자를 해 볼까 하다가도 자존심이 허락하지 않아 도저히 보낼 수 없었다. 혹시 바쁜 것이 아닐까 생각을 하다가도, 답장 한 번 할 시간이 없을 만큼 바쁜가 하는 생각이 들었다. 그런가 하면 또 한편에서는 그렇게 바쁜 와중에 짬을 내서 답장을 해야 할 사이는 아니라는 생각이 들기도 했고, 이런 저런 생각의 실타래들이 엉키고 엉켜

있었다.

　고된 인내의 시간이 끝이 난 것은, 그러니까 경묵에게
답장이 온 것은 서은이 답장을 보낸 지 대략 5시간쯤 뒤
였다. 만약 어제 아무 일도 없었다면 참으로 보기 좋았을,
아무렇지 않은 답장이었다.

　[네, 어디서 뵐까요?]

　'뻔뻔한 자식.'

　서은은 치밀어 오르는 화를 꾹꾹 눌러 담으며, 최대한
이성을 유지하며 한 자, 한 자를 정성껏 친 뒤에 전송 버
튼을 누르고는, 자신의 핸드백을 한 손에 꽉 쥔 채로 약국
밖으로 나섰다.

　[그럼, 제가 지금 경묵씨 가게 앞으로 갈게요. ^^]

　막상 가서 어떤 말을 해야 할지는 감이 통 오질 않았지
만 빠른 걸음으로 주차된 차의 운전석에 올라 시동을 걸
었다. 양손으로 핸들을 꽉 쥔 서은은 앞니로 연신 자신의
아랫입술을 물고 있었다.

　　　　　　　　　　🏵

　경묵은 불이 꺼진 북경각 앞에서 서은을 기다리고 있었
다. 한 손에는 서은을 주려고 포장해둔 잡채호떡, 또 한
손에는 자신의 핸드폰을 들고 있었다. 서은과 메세지로

175

나눈 대화 기록을 보던 경묵은 잠시 동안 고민에 빠졌다.

'흠, 내가 정말 무슨 실수를 한 건 아닌가 모르겠네.'

그러나 골목 어귀로 들어오는 서은의 차를 바라본 경묵은 금세 그런 생각을 잊은 채 반갑게 손을 흔들었다.

4장. 비록 시작은 미약하지만 끝은?
MODERN FANTASY STORY

각성
북경각

이내 조수석에 앉은 경묵이 해맑은 얼굴로 자신의 핸드폰 액정을 바라보고 있었다.

서은은 인상을 잔뜩 구기고, 잡채호떡을 입에 잔뜩 넣은 채 오물오물 씹어대고 있었다. 경묵이 모름지기 뜨겁게 파는 음식은 식기 전에 먹는 것이 제 맛이라며 자꾸 잡채호떡을 들이민 탓이었다. 경묵이 자신에게 식사여부를 물어봤을 때, 얼떨결에 아니라고 한 것이 실수였다면 실수였다. 그러나 잡채호떡은 정말 맛있었다.

서은은 호떡을 입 안에 잔뜩 담아둔 채 웅얼대듯 말했다.

"이거 정말 맛있네요."

"맛있죠? 저도 자주 가는 곳이거든요. 서은씨도 좋아할 줄 알았어요."

애초에 받아들게 된 것이야 선택이 아니었다지만, 잡채 호떡을 받아들게 된 순간부터 화를 낼 기회는 물 건너간 것이나 다름이 없었다. 하지만 호떡의 맛에 대한 칭찬을 한 순간 그 기회가 물 건너가 아니라 우주 너머로 사라졌음을 서은 스스로도 느끼고 있었다. 서은은 자신의 포기를 받아들이듯 한 입 크게 호떡을 베어 물었다. 자신의 엄지와 검지에 묻은 기름기를 티슈로 대충 한 번 닦아낸 서은은, 그제야 경묵을 한 번 흘겨본 뒤에 물었다.

"뭘 그렇게 보고 있어요?"

"아니 다름이 아니라, 지금 조금 구상중인 게 하나 있거든요."

"뭔데요?"

경묵은 그제야 핸드폰 액정에만 머물던 시선을 거두어 서은에게 옮기고는 한 번 씩 웃었다.

서은은 그런 경묵을 의아하다는 듯 바라볼 뿐, 아무런 말도 하지 않고 경묵의 대답을 기다렸다. 하지만 경묵이 우선 어디 들어가서 이야기를 하자며 너스레를 떠는 탓에, 결국 다시 차에 시동을 걸고 문을 닫지 않은 카페를 찾을 때 까지 동네를 빙빙 돌아야 했다. 한참이 지나서야 카페 안으로 걸음을 옮긴 두 사람이 매대 앞에 섰을 때 경묵이 돌아서서는 서은을 바라보며 물었다.

"어떤 걸로 드실래요?"

"아메리카노요."

"따뜻한 거? 차가운 거?

"전 차가운 거."

고개를 한 번 끄덕여 보인 경묵은 다시 뒤 돌아서서는 점원을 바라본 채 정중한 말투로 말했다.

"아메리카노 따뜻한 거 두 개 부탁드릴 게요."

"전 차가운 걸로 마시겠다니까요?"

"아니에요, 따뜻한 걸로 두 개 주세요."

"왜요?"

점원이 다소 짜증 섞인 목소리로 경묵에게 되물었다.

"손님? 어떤 걸로 드릴까요?"

"아메리카노 따뜻한 거 두 개 주시면 되요."

"네, 결제 도와드리겠습니다."

서은은 경묵이 계산하는 모습을 어이없다는 표정으로 바라보고 있었다. 계산을 마치고, 포스 기계가 영수증을 뱉어내는 동안 서은이 다소 뾰로퉁한 목소리로 경묵에게 물었다.

"먹고 싶은 거 못 먹게 할 거면 왜 물어봤는데요?"

경묵은 점원에게 받은 진동 벨을 든 채로 먼저 앉을 자리를 찾아 2층을 향해 성큼성큼 걸어가며 무심한 말투로 대답했다.

"날도 추운데"

뒤 돌아선 경묵의 말소리가 스피커에서 울려 퍼지는 음악 소리와 섞여서 들리는 탓에 제대로 듣지는 못했지만 이내 곱씹어보며 정황상으로 미루어보기까지 하니 무슨 말인지 정확히 알 수 있었다.

'그러다가 감기 걸려요.'

서은은 다시금 볼이 달아오르는 것이 느껴졌고, 고개를 힘껏 저으며 생각을 선회시켰다. 그리고는 괜스레 신경질적인 말투로 혼자 무어라 중얼대기 시작했다.

"내가 언제 걱정해 달랬나, 아이스 아메리카노 마시겠다고 했지……."

그러나 서은은 그런 와중에도 앞서가는 경묵을 따라 성큼성큼 걸음을 옮기고 있었다.

두 사람이 의자에 앉아 제대로 눈 한번 마주치기도 전에, 진동 벨이 성난 듯 울려댔다.

지이이이잉————

경묵이 미소를 지어 보이며 진동 벨을 집어 들고 일어서며 말했다. 이윽고 경묵이 쟁반위에 아메리카노 두 잔을 올려둔 채 올라왔다. 경묵은 테이블위에 쟁반을 내려놓으며 익살스러운 말투로 말했다.

"이럴 거면 받아서 올라가라고 하지. 그렇죠?"

서은은 아무런 말도 하지 않은 채 경묵을 바라보다가
이내 다시 시선을 돌렸다.

경묵은 서은을 바라보며 의아해하다가 다시금 자리에
앉았다. 자리에 앉은 경묵이 서은에게 먼저 말을 붙였다.

"아 맞다, 오늘 동영상 덕분에 역대 최고 매출 기록 한
거 혹시 모르시죠?"

"엥? 그 사람들이 어떻게 알고 찾아왔대요?"

"어떤 사람이 가게 상세주소를 댓글로 달았는데, 그게
베스트 댓글이 돼서 상단에 떠 있더라고요."

서은은 입을 가린 채 조신하게 웃다가 말했다.

"엄청 바빴겠어요."

경묵은 불평은커녕 오히려 흐뭇한 미소를 지으며 답했
다.

"사장님은 엄청 좋아하시더라고요. 보니까 저까지 기
분이 좋아지던데요 뭐."

"경묵씨! 당연히 사장님이야 엄청 좋으셨겠죠!"

경묵의 투박함에 서은이 다시 한 번 웃음을 터트렸을
때, 경묵이 서은에게 물었다.

"서은씨, 혹시 요리에 버프효과를 담을 수 있는 각성자
들 수가 많은가요?"

"아니요, 사실상 엘릭서 자체도 시중에 유통시키고 있
는 각성자는 저를 포함해서 2명밖에 안 돼요."

"그럼 요리사는요?"

서은은 고개를 한 번 기웃해보이고는 답했다.

"각성자가 주방장으로 있거나 '오너 쉐프'로 있다는 식당들이야 이미 알려진 곳이 많다지만, 버프효과를 내 주는 음식에 대해서는 들어본 적이 한 번도 없네요."

경묵이 고개를 한 번 끄덕이고는 팔짱을 낀 채 말했다.

"서은씨, 그럼 이건 어떨까요?"

"어떤 거요?"

서은이 의자를 살짝 당겨 앉으며 되묻자, 경묵이 곧바로 답했다.

"던전 앞에서 푸드트럭을 하는 거에요."

서은이 입가에 진한 미소를 지어보이며 작은 소리로 '맙소사' 하고 되뇌었다. 이윽고 서은은 더할 나위 없이 진지한 눈으로 경묵을 바라보며 답했다.

"생각도 못했던 일인데요?"

"우선, 그게 가능한 지에 대해서 먼저 알고 싶네요."

"아마 경묵씨가 각성자라는 점에서, 또한 판매할 음식이 버프가 걸린 음식이라는 데서 몇몇 규제는 피해갈 수 있을 거에요."

그 때, 서은이 궁금하다는 듯 경묵에게 되물었다.

"그럼 북경각은요? 이제 그만두시는 거에요?"

경묵은 결의가 가득 담긴 어투로 답했다.

"아니에요, 준비가 되고 나면 일을 쉬는 날에만 푸드트럭으로 버프 음식을 팔 생각이에요. 북경각을 위해서 하는 일인데 북경각을 떠날 수는 없죠."

서은이 그런 경묵이 이해가 가지 않는다는 듯 되물었다.

"왜 그렇게 그 가게에 집착하시는 거 에요?"

경묵은 양 손으로 자신의 머그컵을 감싸 쥔 채 잔 위의 잔잔한 물결을 바라보며 대답했다.

"글쎄요, 저도 잘 모르겠는데 처음으로 따뜻했던 곳 같아요. 이상할 만큼 참 따뜻함을 느꼈던 곳? 제가 말주변이 없어서 어떻게 말해도 지금 느끼는 감정에 못 미칠 것 같아요."

서은이 고개를 끄덕이고는 한참동안 경묵을 바라보았다. 어떤 상상을 하는지 경묵의 한쪽 입 꼬리가 살짝 말려 올라가는 것이 보였다.

"행복해요. 그냥 '북경각' 이라는 단어만 생각해도."

경묵은 만약 푸드트럭이 잘만 된다면 '북경각' 을 발전시킬 수 있는 충분한 기반을 마련할 수 있는 기회가 될지도 모른다는 생각이 들었다. 경묵은 고개를 치켜들고는 서은에게 물었다.

"서은씨, 혹시 엘릭서를 팔 때 현금으로 판매를 하시기도 하나요?"

서은은 고개를 저으며 답했다.

"아니요."

경묵이 실망한 듯 고개를 끄덕이자, 서은은 자신의 커피 잔에 든 커피를 한 모금 마시고는 경묵을 바라보며 말을 덧붙였다.

"저 같은 경우에는 '현금으로도' 판매를 하는 것이 아니라 오직 현금으로만 판매를 하고 있죠."

푸드트럭이 북경각의 발전을 풀어나갈 수 있는 실마리가 될 수 있겠다고 확신을 내린 경묵이 입가에 웃음을 지어보이자, 서은은 자신의 휴대폰을 켜서 엘릭서 판매 사이트를 보여주었다.

제법 그럴싸하게 꾸며진 쇼핑몰의 형식이었지만, 품목은 3개뿐 이었다.

'근력 강화 엘릭서.'

'민첩 강화 엘릭서.'

'지력 강화 엘릭서.'

스크롤을 아무리 내려도 더 이상의 품목이 나타나지 않자 경묵이 서은에게 물었다.

"서은씨, 그런데 왜 3가지 품목밖에 없는 거에요?"

"아직 제가 걸 수 있는 버프가 저 3개 거든요."

의외의 사실이었다. 자신보다 훨씬 많은 스킬을 익혔으리라고 생각했건만 서은은 그렇지 않은 상태였다. '지력

강화' 스킬만을 추가로 익힌 듯 보였다. 실제로 서은이 아닌 다른 각성자가 운영하는 엘릭서 쇼핑몰에서는 훨씬 더 많은 종류의 엘릭서를 다루고 있기도 했고, 더 높은 가격에 판매를 하고 있기도 했다. 목숨을 걸고 엘릭서의 질을 올리기에는 상당한 위험이 따른다는 사실이 가장 큰 문제로 야기되었다.

서은은 단순히 더 높은 등급의 스킬 북을 익히기 위해서 던전의 괴수들과 맞서는 위험을 감수해야할 필요를 느끼지는 못하고 있었다.

"그럼 현금 대신 GEM을 받고 판매하면 되는 것 아닌가요?"

"지금 당장 필요하지 않으니까요, 추후에 천천히 제가 만드는 엘릭서의 질을 향상시키는 사항도 고려를 해보고는 있어요."

사이트 내에서 규정해둔 구매 한정 개수는 하루에 10개였는데, 한 명당 구입가능 개수가 10개가 아니라 하루에 판매하는 양 자체가 10개였다.

놀란 경묵이 되물었다.

"왜 10개 밖에 팔지 않는 거 에요? 차라리 형평성 있게 인당 1개로 구매 개수를 규제하거나 해야 하는 거 아니에요?"

서은은 고개를 저었다.

"저는 차라리 한 명이 10개를 다 사가는 게 오히려 좋기도 해요."

"어째서요?"

"택배를 한 번만 보내면 되니까요."

경묵은 한참을 소리 내어 웃은 뒤에 혹시나 하는 마음으로 서은에게 다시 물었다.

"그럼, 10개만 파는 이유는 혹시……?"

서은은 믿기지 않을 만큼 무덤덤한 목소리로 경묵에게 답했다.

"맞아요, 귀찮아서."

참으로 터무니없는 이유였지만 엘릭서가 개당 50만원에 팔리는 점을 감안하면, 하루에 10개만 팔더라도 500만원이었다.

서은의 사이트에서 엘릭서를 구매하기 위해 수량이 초기화가 되는 12시가 되기도 전부터 컴퓨터 앞에서 구매버튼을 누르기 위해 안간힘을 쓰는 각성자들이 셀 수 없이 많았다.

대단하다는 각성자들이 마치 수강신청을 하는 대학생들처럼 자동으로 반복 클릭을 해주는 매크로 프로그램을 사용하기도 했고 특별한 경로를 통해 서은에게 접촉을 시도하기도 했다. 그러나 그들의 몫은 오직 하나, 경쟁이었다.

서은은 자신이 만들어 파는 엘릭서의 암거래가 이루어지고 있다는 사실 또한 알고 있었다. 돈 조금 있는 각성자들이 소위 말하는 '사재기' 형태로 거래를 반복하여 부당한 이익을 취하고 있는 것이었다. 그러나 사실상 서은 본인은 크게 신경을 쓰지는 않았다. 잘 생각해보면 본인이 황금 알을 낳는 거위이기 때문이었다. 황금 알을 낳고 있는 입장에서 금값이 조금 떨어지는 게 당장 크게 문제가 되는 사항은 아니었기 때문이다.

  배송이 지연되는 이유도 하나였다. 일이 귀찮아질 때면 서은은 며칠 동안 일에서 아예 손을 놔버리곤 했다.

  "그럼 일단 현재로서 버프가 걸린 음식을 판매하는 각성자는 없다는 거네요?"

  "그렇다고 볼 수 있겠죠? 제가 모르는 이들이 있을지도 모르지만 아직까지 본 바는 없어요."

  경묵이 흡족하다는 듯 고개를 끄덕이자, 이번에는 서은이 경묵에게 물었다.

  "언제쯤 시작하려구요?"

  "글쎄요? 우선 자본금을 조금 모은 다음 진행을 해야 할 것 같아요."

  "경묵씨, 혹시 제가 부족한 자본금을 투자를 할 수 있을까요?"

  경묵이 서은에게 걱정스러운 표정으로 물었다.

"투자요? 자본금이야 모자라도 한참 모자라긴 한데, 왜……."

"그냥 혹시 제게 투자할 수 있는 기회가 있을 지를 여쭤 보는 것뿐이에요."

그렇게 말하는 서은의 눈에는 진심이 가득 담겨있었다.

"어째서 투자를 하시려는 거 에요? 만약 단순히 저를 돕고 싶어서라면……."

"그거야 당연히 투자할 가치가 있으니까 그런 거겠죠? 저도 돈이 남아도는 입장은 아니니까요. 물론 자선 사업가도 아니고요."

서은이 무언가 확신에 가득 찬 미소를 지어 보였다. 연달아, 서은의 미소를 본 경묵의 입가에도 미소가 걸렸다.

"우선 적은 돈으로 시작할 수 있다는 점, 그리고 실패했을 때의 리스크도 적다는 점, 가장 핵심은 실패 확률이 거의 보이지 않는다는 점…… 분명히 매력적인 아이템이네요, 자본금은 걱정 마세요 모자라는 만큼 제가 투자할게요."

서은은 자신의 커피를 한 모금 더 마신 뒤 말을 덧붙였다.

"그리고 저도 같은 버퍼로서 충분히 도울 수 있는 일이 있을 거에요."

지금껏 생각치 못했던 말을 들은 경묵의 눈이 휘둥그레 해졌다. 경묵은 서은 역시 버퍼라는 사실을 망각하고 있었던 것이다. 경묵은 다시금 솟구치는 의지를 만끽하고 있었다. 경묵이 무언가를 이뤄내겠다고 마음먹기 전마다 느꼈던 감정. 여태껏 천천히 느리게 전진하더라도 방향은 틀리지 않게 한 걸음 한 걸음 내딛던 경묵이었다. 마음먹은 것들이라면 아무리 오랜 시간이 걸리더라도 모두 이뤄왔던 지난날처럼, 경묵은 다시 한 번 의지를 다지고 있었다.

'북경각을 꼭 최고의 중국집으로 만들겠어.'

경묵과 서은은 푸드트럭에 관한 이야기를 나누기 시작했다.

서은이 꼭 중식이 아니어도 되지 않느냐는 의견을 제시하는 바람에 메뉴선택에 있어서 지연을 겪기도 했다.

사실상 푸드트럭에서 중식요리를 조리할 수 있는 여건을 갖춘다는 것이 쉬운 일이 아닌지라 중식이 아닌 다른 품목들 몇 개도 후보에 올랐지만, 결국 선택한 판매 품목은 탕수육이었다.

푸드트럭 사업의 시작을 위한 총 예상 소요 금액은 1400만원이었다. 그중 경묵이 400만원을, 그리고 서은이 1000만원을 부담하기로 약속을 했고, 둘은 경제적 수입이 발생하는 시점에서 수익 배분을 50%씩 나누도록 하되, 자신이 투자한 1000만원 중 300만원을 경묵이 도중에 서은에게 다시 지급해 줄 것을 부탁했다. 이는 언제든 뒤바뀔 수 있는 조건이었다.

서은은 자신은 투자금만 회수만 되면 크게 상관이없다는 식으로 말을 하는 탓에 경묵이 우선적으로 못 박아둔 조건일 뿐이었다.

직원은 쓰지 않는 대신 서은이 할 수 있는 선에서 최대한 푸드트럭 일을 돕기로 했다.

모든 사항들이 경묵에게 우호적인 계약 조건임이 분명했다. 또한, 서은이 만약 푸드트럭일을 거들어 준다면 다른 직원들보다 훨씬 더 효율적으로 경묵을 도울 수 있기도 했다. 사실상 던전 인근에서 민간인을 고용해서 쓰기란 하늘에 별 따기일 것이며, 각성자를 쓰자니 너무 많은 임금을 책정해 주어야 한다는 것이 마음에 걸렸다.

다음은 메뉴의 판매 가격이었다.

서은이 경묵에게 말한 가격은 50만원이었다.

경묵은 놀라 되물었다.

"50만원이요? 소(小)짜리가요? 아니면 대(大)짜리가요?"

서은은 그런 경묵을 바라보다가 한숨을 쉬며 고갯짓을 한 번 해보이고는 답했다.

"굳이 말하자면 중(中)짜리? 잘 생각해봐요 경묵씨. 제엘릭서도 50만원이잖아요. 원가로 따지자면 판매가격의 50분의 1도 안되는 게 사실이고요. 사람들은 맛 때문에 경묵씨의 탕수육을 먹는 것도 있겠지만 푸드트럭 손님들

중 거의 모두가 능력치를 보정하기 위해서 먹는 사람들이
에요."

경묵이 이해가 가지 않는다는 듯 물었다.

"그 수치1 차이가 그렇게 큰 거 에요?"

"그렇죠, 나중에는 그 수치 1을 위해서 평범한 사람들
은 상상도 못할 돈을 써가며 보정하려고 하는 사람들도
있으니까요."

경묵이 고개를 끄덕여 보이긴 하였지만 뭔가 탐탁지 않
은 부분이 있는 듯 보였다. 서은이 경묵을 빤히 바라보자
이내 솔직한 속내를 털어 놓았다.

"하, 가격 때문에 조리하는 제가 다 부담스럽네요. 맛
적인 부분에서도 어느 정도는 책임을 질 수 있으면 좋을
텐데."

서은은 그런 경묵을 바라보며 미소를 지어보이곤 말했
다.

"걱정하지 마세요, 천천히 준비하면 되잖아요."

경묵은 고개를 끄덕이고는 말했다.

"우선 저도 이번 기회에 던전이라는 곳에 한 번 가보기
는 해야겠네요."

경묵이 너무도 의외의 말을 한 탓에 서은의 눈이 둥그
레 해져서는 물었다.

"갑자기 왜요?"

"우선 저한테는 새로운 조리기구들이 필요해요."

"조리기구?"

경묵이 확신에 가득 찬 목소리로 대답했다.

"네, 강화된 조리기구. 적어도 3번 이상 강화한 조리기구들이 필요해요."

"왜 하필 3번 이상 강화한 조리기구가 필요한데요?"

경묵은 자신의 인벤토리에서 [+3 미니 팬]을 꺼냈다.

푹—

미니 팬이 공중에 생겨나서는 테이블 중앙에 떨어졌다. 평범한 팬이 아니라는 것을 파악한 서은이 손잡이를 손에 쥐고는 팬의 상태를 점검했다.

——————————————————————————

[+3 미니 팬]

등급 : 일반

설명 : 작은 프라이팬, 조리도구일 뿐 아니라 무기로도 사용이 가능하다.

공격력 : 14

강화옵션 : 조리+3

강화옵션 : 조리한 요리의 식감을 부각시켜 줍니다.

——————————————————————————

"강화옵션이 어떻게 2개나……."

"+3 까지 강화를 하게 되면 강화옵션이 하나 더 생겨나는 거 같습니다."

"그건 절대 아니에요."

서은은 말을 마치자마자 자신의 인벤토리에서 흰색 목걸이를 하나 꺼내서는 경묵에게 건넸다.

서은이 건넨 목걸이를 받아 든 경묵이 목걸이의 상태를 확인했다.

[+5 보호의 목걸이]

등급 : 특수

설명 : 착용 시 마법 공격을 1회 막아주는 목걸이 (10분에 1회)

강화옵션 : 초당 MP 회복량 + 5

서은은 무언가 알겠다는 듯한 표정을 지어보이더니 곧바로 경묵에게 물었다.

"혹시 2차 직업군이 뭐에요?"

"아, 저는 강화사요."

경묵의 대답을 들은 서은의 입이 벌어진 채, 다물어질 줄을 몰랐다.

"강화사요?"

"네."

기가 차다는 듯 아무런 말도 잇지 못하던 서은이 대답

대신 탄식을 했다.

"허……."

서은이 아무런 말도 하지 않자 경묵이 서은에게 물었다.

"왜요? 설마 안 좋은 직업군 중 하나인가요?"

"아니요, 정말 대단하네요. 설마해서 물어본 것뿐인데……."

"뭐가요?"

경묵은 불안한 눈으로 서은을 바라보며 서은의 다음 말만을 기다렸다.

서은은 곧 바로 입을 뗐고, 흥분을 감추지 못한 목소리가 흘러나와 사방에 흩어졌다.

"내가 강화사를 실제로 보는 날이 올 줄은 몰랐어요."

"강화사가 그렇게 드문 직업군인가요?"

서은이 격양된 목소리로 말했다.

"그럼요, 물론이죠. 경묵씨는 우선 2차 직업군을 다른 사람들에게 알리지 않는 것이 좋을 것 같아요."

"어째서요?"

"만약 경묵씨가 강화사라는 사실을 알면, 경묵씨를 통해 이익을 취하고 악용하려 드는 사람들이 생길 거에요."

경묵은 고개를 끄덕여 보였다. 만약 그런 이들이 생겨

나서 접근해왔을 때 그 방법이 무력적이라면, 경묵 혼자서는 대항해낼 수 있는 힘이 없었다. 적어도 아직까지는.

⚜

다음 날부터 서은은 '던전 앞 푸드트럭'과 관련하여 각성자협회 측에 허가를 받기 위해 이런 저런 것들을 알아보기 시작했다.

협회 측에 접선을 시도하여 대화를 나누었을 때는, 생각 보다 협회 측에서 굉장히 우호적인 반응을 보이는 탓에 적잖이 놀라지 않을 수 없었다. 아마도 각성자의 숫자가 줄어드는 것을 방지하는 정책을 펼치고 있는 지금, 버프가 걸린 음식을 판매하는 것에 대해서 긍정적으로 평가하는 듯 했다. 과정이 생각보다 너무 간단하여 가벼운 절차 몇 개만을 남겨둔 상태였다.

경묵의 준비만 끝난다면 근시일내로 빠르게 실행에 옮길 수 있는 단계이기도 했다.

동영상 사건 이후로 근 며칠 동안 엄청난 매출을 기록하고 있던 북경각의 매출이 조금씩 원래 자리를 찾아 내려오고 있었다.

경묵은 이제 자신이 가지고 있는 버프스킬의 레벨을 올리기 위해 고군분투 하고 있었다. 스킬 창을 열었을 때,

버프스킬에 대한 안내 창 옆에 버프요리를 처음 만들어보기 전에는 보지 못한 상태 메시지가 있었다.

————————————————————————————

[근력 강화 LV.2]

아군이나 자신의 근력을 일시적으로 강화할 수 있습니다.

사용스킬 -〉 지속시간 240초, 근력상승 +4 (+3/ 마력비례 0.33 계수)

MP 소모 : 30

특수효과 : 일부 재료에 버프 효과를 부여하여 특정 사물을 제작하면 상승량의 4분의1이 사물의 특수효과로 영구 귀속됩니다. (사용 시 지속시간 180분)

[민첩 강화 LV.2]

아군이나 자신의 민첩을 일시적으로 강화할 수 있습니다.

사용스킬 -〉 지속시간 240초, 민첩상승 +4 (+3/ 마력비례 0.33계수)

MP 소모 : 30

특수효과 : 일부 재료에 버프 효과를 부여하여 특정 사물을 제작하면 상승량의 4분의1이 사물의 특수효과로 영구 귀속됩니다. (사용 시 지속시간 180분)

————————————————————————————

그뿐 아니라, 스킬의 숙련도LV들이 2로 오르면서 지속 시간이 240초로 증가 하였다. 하지만 민첩과 근력 증가량 은 상승하지 않았다.

특수효과를 읽어본 경묵은 비교적 간단한 레시피의 음 식들로 꼭 한 번 실험을 해 보아야겠다고 생각했다. 예를 들면 샐러드 같이 가열조리가 필요하지 않은 음식에도 버 프가 걸리는지를 확인하기 위함이었다.

또한, 요 며칠 간 매출 대폭상승의 효과로 인해서 조리 가속, 완벽한 조리, 나이프 마스터리의 스킬 레벨이 MAX 에 이르렀다.

[조리 가속 LV.3] -> 이미 MAX 레벨에 도달하였습니 다.

모든 음식의 조리 속도를 대폭 단축시킬 수 있습니다.

기본 지속 스킬.

[완벽한 조리 LV.3] -> 이미 MAX 레벨에 도달하였습 니다.

같은 음식을 조리하더라도 훨씬 더 맛있게 조리할 수 있습니다.

기본 지속 스킬.

[나이프 마스터리 LV.5] -> 이미 MAX 레벨에 도달하 였습니다.

칼과 마치 한 몸인 듯 자유롭게 다룰 수 있습니다. (검, 도류는 해당되지 않습니다.)

기본 지속 스킬.

———————————————

기본 지속 스킬들의 스킬 설명들이 모두 미묘하게 변화해 있었다. 경묵은 이 결과에 나름 만족하고 있었다. 별다른 노력 없이 모든 스킬들의 레벨을 끝까지 끌어올렸기 때문이었다.

이제 남은 것은 기존 스킬들의 상위 호환 스킬 북을 습득한 후 익히는 것. 그리고 강화석과 GEM을 모으는 것이었다.

서은은 강화석과 GEM만큼은 푸드트럭을 이용하면 손쉽게 벌어들일 수 있다고 하였지만, 경묵은 단호하게 거절의 의사를 밝혔다.

준비되지 않은 상태로 제 값을 못하는 음식을 팔고 싶지 않다는 것이 이유였다. 그리고 아직 진행되지 않은 가장 중요한 일이 하나 남아있었다.

경묵은 모두가 가게 문을 닫을 준비를 시작할 때 쯤 사장에게 다가갔다.

"사장님 일 끝나고 잠시 면담 좀 할 수 있겠습니까?"

카운터 앞에 서있던 사장은 포스 기계를 쳐다보던 시선을 경묵에게 옮긴 채 고개만을 끄덕였다. 주방 마감이 끝나고, 직원 모두가 환복을 마치고 이런 저런 인사를 나누며 가게 문을 나섰다. 북경각 문 앞에 'CLOSE' 라고 쓰인 푯말이 붙어있었지만, 불은 켜져 있었다. 가게 안 테이블에 사장과 마주 앉은 경묵이 다소 긴장한 목소리로 사장에게 말했다.

"사장님."

"그래 인마, 웬일로 면담신청이냐?"

"다름이 아니라 가게 일로 드릴 말씀이 있어서요."

가게 일이라는 말이 나오자, 사장이 한쪽 손으로 자신의 턱을 쓰다듬듯 쥐고는 물었다.

"그래? 무슨 일인데?"

"사장님, 단순히 새 단장에서 멈추지 않고 가게를 확장하실 의향도 있으십니까?"

다소 터무니없이 들리는 제안임에도 불구하고 사장은 신중하게 고민을 하다가 답했다.

"만약 경제적으로 여건이 된다면 확장도 나쁜 선택은 아니겠지. 나쁜 선택이 아니라는 것도 아니지, 할 수 있었다면 진작 그렇게 했겠지?"

사장이 말을 마치자 경묵이 어느 때 보다도 당당한 목소리로 말했다.

"다름이 아니라 이번 확장 공사 때 제 자비로 투자를 하고 지분을 사고 싶습니다."

사장이 아무런 말도 하지 못하고 놀란 눈으로 경묵을 쳐다보았다.

경묵 역시 아무런 말을 하지 않았다. 다만 확신에 가득 찬 경묵의 눈만이 사장의 마음을 열려하고 있었다.

북경각 안에 고요함이 맴돌고 있었다.

사장은 경묵의 눈을 한참동안 지그시 바라보다가 조심스레 물었다.

"투자라……. 그런데 네가 돈이 어디에 있어서 투자를 하겠다는 거야? 기분 나쁘게 듣지는 말고 아무래도 우리가 서로 사정을 잘 아니까 물어보는 거야. 그렇다고 해서 네가 실언을 할 녀석도 아니고……."

경묵은 고개를 끄덕여 보이고는 말을 이어 나갔다.

"사실 그 부분에 대해서 먼저 말씀을 드렸어야 했는데 죄송합니다."

"어떤 부분?"

사장은 담배 한 가치를 꺼내 물고는 불을 붙였다. 이윽고 담배 연기 한 모금을 빨아드렸을 때, 경묵이 말했다.

"사실 제가 며칠 전에 각성을 했습니다."

경묵의 입에서 너무도 예상치 못한 말이 나온 터라 사장은 적잖이 당황한 눈치였다. 담배 연기가 목에 걸렸는지 한 쪽 손을 자신의 가슴팍에 올려둔 채 연신 콜록대기 시작했다.

"켁-켁-"

그렇게 기침을 하는 와중에도 사장의 시선은 경묵을 향하고 있었다. 사장은 기침이 멎은 후에야 다시 입을 뗐다.

"각성을 했다고?"

"네, 진작 말씀을 드려야 했었는데 부담스러워 하실까 걱정이 되어 말씀을 드리지 못했습니다."

경묵의 말 역시 일리가 있다고 생각한 사장이 고개를 끄덕였다.

"하긴 그렇지, 복권 1등에 당첨 되었다고 해서 떠벌리고 다니는 사람이 몇 사람이나 되겠어."

"그렇게 말씀해주시니 감사합니다."

"그런데 각성을 했다고 해서 당장 목돈이 생기거나 하지는 않지 않나?"

"예 그렇습니다."

사장은 휴지를 한 장 뽑아들고 정 가운데에 침을 뱉고는 그 위로 담배를 비벼 껐다.

"실언을 할 녀석은 아니니 계획이 있겠지."

"네, 푸드트럭을 운영할 생각입니다."

이 또한 예상외의 답변이었다. 생각해보면 눈치를 채지 못할 일은 아니었는지도 모른다. 갑작스레 일취월장한 요리실력 하며, 매출상승의 계기가 된 동영상 속의 경묵의 움직임만 봐도 그랬다. 사장은 안일하게도 요리실력이야 녀석이 노력을 많이 했을 뿐더러 원래 동네에선 주먹 깨나 쓰던 녀석이니 그러려니 했던 것이었다. 자신이 너무 둔감했구나 싶은 생각에 탄식에 가까운 소리를 내며 실소를 지어보였다. 사장은 미간에 주름을 잡은 채로 테이블을 한참동안 응시하다가 되물었다.

"그럼 내가 퇴직금 명목으로 조금이라도 챙겨주도록 하마. 언제라도 정혁이나 네 녀석이 가게를 떠나는 날이 온다면 그럴 생각이었으니까."

경묵이 허리를 펴고 앉은 자세를 가다듬고는 단호한 목소리로 말했다.

"아닙니다, 퇴직금은 괜찮습니다."

"그래, 각성을 했으니 퇴직금 명목으로 얼마를 넣어도 성에 차지는 않을 거다. 그냥 성의라고 생각하고 받아 줘야 내가 마음이 편할 것 같아서 그래."

그렇게 말한 사장의 입가에 쓴 웃음이 떠올랐다.

경묵은 북경각 안을 한 번 둘러보고는 천진난만한 미소를 지으며 사장의 눈을 바라보며 말했다.

"사장님, 퇴직금은 퇴직을 할 때에 받는 돈이잖아요?"

"그렇지."

"제가 퇴직을 안 하는데 어째서 퇴직금을 주신다는 말씀이십니까?"

사장이 의아하다는 듯 아래로 향해있던 시선을 다시금

경묵에게로 옮겼다.

"엥?"

"저는 북경각을 떠날 생각이 없습니다."

"어째서?"

"차라리 각성을 하지 않았다면 언젠가 떠났을지도 모르겠습니다."

사장은 다시금 듣게 된 의아한 말에 담배 한 가치를 더 꺼내서 손에 쥐었다. 다만, 입에 물지도 않고 불을 붙이지도 않았다.

경묵은 불안한 듯 연신 필터를 짓누르는 사장의 오른손을 본 후 다시금 말을 이었다.

"다 같이 정상으로 갈 돌파구가 생겼는데, 떠나야 할 아주 적은 가능성도 없어졌잖아요. 오히려 각성을 하지 않았다면 언젠가 떠나야 했을지도 모르는 일이기도 하고요."

사장이 한 손으로 자신의 이마를 감싼 채, 연신 주물 거리던 담배를 다시 입에 물었다. 입가에는 점차 미소가 떠올랐다.

"그래서 너의 목표가 뭔데?"

"저한테 어디에서도 줄 수 없는 높은 급여를 주는 직장으로 만들어야겠죠.

경묵은 팔꿈치를 탁상에 괸 채로 자신의 턱을 감싸 쥐

고는 한참을 고민하다가 다시 입을 뗐다.

"그러니까…… 북경각을 최고의 중국집으로 만들어야죠."

경묵의 말을 들은 사장의 입가에 미소가 떠오르다 못해, 웃음이 터져 나왔다. 사장의 쩌렁쩌렁한 웃음소리가 조용한 가게 안을 매우다 못해 새어나갈 정도였다. 한참을 웃어대던 사장이 웃느라 눈가에 맺힌 눈물을 한 손으로 훔쳐내며 말했다.

"너라는 녀석은 정말 종잡을 수가 없는 녀석이다. 그거 하나는 내가 인정하마."

"그 말씀 긍정적으로 받아들여도 되겠습니까?"

사장은 가볍게 고개를 한 번 끄덕여 보이고는 곧바로 물었다.

"경묵아, 그럼 지금 생각하는 게 뭔지 알 수 있을까?"

"음, 사장님 온라인 RPG 게임 해보신적 있으시죠?"

"그래, 있지."

"각성자들에게는 RPG 게임처럼 '능력치' 라는 시스템이 존재하거든요."

비각성자인 사장으로서도 수 없이 들었던 말 중 하나였다. 옵션이 좋은 아이템이 감정을 받는 TV 프로그램 역시 최고의 인기를 끌고 있었고, 사장 몇 번 그 TV프로를 시청해 본 경험이 있었다.

"그래, 그래서?"

"간략히 말씀드리자면, 제가 직접 조리한 요리를 먹으면 각성자들의 '능력치'를 일시적으로 상승하는 효과를 불어 넣을 수 있습니다."

그제야 사장이 손뼉을 치고는 고개를 끄덕였다. 미세한 옵션 차이만으로 수백, 수 천 만원 혹은 억 단위로 가격 차이가 나는 물건들을 TV를 통해서 수 없이 봐왔으니, 이해가 빠를 수밖에 없었다. 비각성자인 자신이 들었을 때에도 상당히 매력적이라고 생각되는 능력이었다.

경묵이 다시금 조심스레 입을 뗐다.

"우선은 휴일에만 푸드트럭을 통해 일시적으로 능력치를 상승시켜주는 요리를 판매해보려고 합니다."

사장은 잠시 동안 천장을 올려다보다가, 이윽고 시선을 다시 경묵에게로 돌린 후 물었다.

"그 '휴일에만'이라는 기준은 네가 정한 거냐?"

"네."

"그럼, 우선 주방 직원을 한 명 더 고용하도록 하마."

"예?"

사장은 덤덤한 목소리로 한쪽 눈을 비비며 경묵의 물음에 답했다.

"가게 일은 걱정 말고 한 번 열심히 해봐라."

"하지만 제가 지금 당장 가게를 비우면······."

"이 바닥 일 하루 이틀도 아니고, 구해질 때 까지는 네가 보던 일이야 내가 하면 되고 구해지면 문제 될 것도 없겠지. 너한테 북경각을 떠나라는 소리도 아니다."

사장은 무심한 듯 말하다가 경묵의 눈을 바라보고는 미소를 한 번 지어보였다.

"최고에 하루라도 빨리 다다르고 싶은 내 욕심이다. 넌 여전히 북경각의 기둥이고."

"감사합니다, 사장님. 최대한 빠른 시일 내로 자본을 마련해보도록 하겠습니다."

"그래, 가게일은 걱정하지 마라. 나도 중국집으로 밥벌이 한 게 이제 곧 20년이다."

"그리고 투자 건에 관해서 드리고 싶은 말씀이 있는데 말입니다."

사장이 고개를 살짝 들고는 다시금 경묵을 바라보았다.

"제가 그쪽 분야에는 일가견이 없어서 드리는 부탁입니다만, 혹 사장님께서 가게를 확장 이전 하는 비용에 대해서 알아봐 주실 수 있으시겠습니까?"

"그래, 그 정도는 해줄 수 있지."

사장은 흔쾌히 제안을 수락했다.

분명 경묵이 하는 것 보다는 자신이 하는 것이 맞는다고 사려 되는 일이기도 했다.

"그 건에 있어서는 내가 정확히 필요한 금액명세서를

작성해서 넘겨주도록 하마."

경묵은 그제야 다시 조심스레 말을 이어나가기 시작했다.

"그리고 하나 더 부탁을 드리자면 투자금액을 떠나서 사장님, 정혁이형, 제가 지분을 정확히 균등분배 했으면 좋겠습니다. 그러니까…… 정확히 3분할을 했으면 합니다."

사장은 경묵을 바라보고는 눈썹을 치켜 올렸다.

"정혁이 주머니 사정이야 정확히 모르더라도 아마 나랑 정혁이가 투자할 수 있는 금액은 얼마 되지 않을 것 같은데? 내가 투자할 수 있는 금액도 끽해야 몇 천이 고작이고……. 아마 10%에도 미치지 못할 금액일 것 같다."

"그건 괜찮습니다. 그렇게 일을 진행해도 괜찮을까요?"

사실상 어느 정도 규모로 가게를 다시 열게 될 지에 되해서는 명확해진 바가 없지만, 어쨌든 가장 큰 투자자로 확실시 된 것은 경묵이었다. 셋이서 지분을 나누게 되었을 때, 사장의 주머니 사정을 고려해보면 33%나 되는 지분은 굉장히 만족스러운 결과였다.

사장은 적어도 가게확장에 관한 투자라면, 자신에게 33%의 지분을 얻을 수 있는 만큼의 투자 자금이 수중에 없다는 사실을 가장 잘 알고 있었으니 말이다.

"아니다, 그건 오히려 우리가 고마워해야 하는 일이겠

지. 걱정할 것 없다. 내일부터 가게 일은 걱정하지 말고 푸드트럭 준비에 전념해보도록 해라."

"알겠습니다. 정말 감사합니다."

경묵이 고개를 한 번 숙여보이고는 다시 말을 이었다.

"우선 세부적인 사항은 추후 말씀드리도록 하고 오늘은 이만 들어가 보도록 하겠습니다."

"그래, 그래. 조만간 정혁이랑 셋이 술이나 한 잔 하자."

"알겠습니다, 주중으로 방문하도록 하겠습니다."

"그래, 조심히 들어가라."

경묵이 자리에서 일어나서는 허리를 굽혀 인사를 한 번 해보인후 가게 문을 열고 밖으로 나섰다. 사장은 다시 담배 한 가치를 입에 문채 게슴츠레한 눈으로 경묵의 뒷모습을 바라보며 생각했다.

'저 자식, 조금만 구슬려서 잘만 이용한다면 정말 큰돈을 만질 수도 있겠는데……. 생각지도 못한 큰 돈…….'

같은 공간 안에 욕망과 야망이 공존하고 있다가 야망이 먼저 밖으로 나섰다. 이윽고 하나의 욕망만이 북경각 안에 남았다.

탁-

이윽고, 고요한 북경각 안으로 사장의 라이터가 켜지는 소리가 울려 퍼졌다.

그 시각, 정혁은 퇴근 후 집에 들어가기 전 편의점에 들렀다. 하루를 끝마치고 TV를 보며 맥주 한 캔 하는 것이 정혁의 유일한 낙 중 하나였다. 편의점에 들러 자그마한 과자 한 봉지와 맥주 한 캔을 집어서 계산대에 올려두고 주머니를 뒤적거리던 정혁의 표정이 굳었다.

　"어라?"

　외투 주머니, 바지 주머니, 안쪽 주머니까지 확인을 했음에도 불구하고 지갑을 찾을 수 없었다. 정혁은 무표정으로 자신을 바라보는 편의점 알바에게 미소를 한 번 지어 보이고는 말했다.

　"지갑을 놓고 왔네요. 도로 가져다 놓을게요."

　"네."

　정혁은 한숨을 한 번 내쉬고는 다시 북경각으로 걸음을 옮겼다. 옷을 갈아입으며 락카룸에 두고 온 것이 분명히 떠올랐다. 불이 아직 꺼지지 않은 북경각 앞에 다다랐을 때, 경묵이 남아있나 싶어 안을 살짝 엿보았더니 사장이 다리를 꼰 채 앉아 누군가와 통화를 하고 있었다. 평소 같았으면 문을 활짝 열고 들어갔을 터인데, 조금 조금 들려오는 통화내용이 심상치 않아 문에 귀를 바짝 붙인 채 조금씩 엿듣기 시작했다.

"어, 진우야. 나다. 지금 완전 호구 잡은 거 같다. 지금, 우리 가게에서 일하던 놈 하나가 각성을 했거든 그 멍청한 놈 제대로 써먹으면 확실하게 남겨먹을 수 있는 기회다. 우선 어떻게 해야 되냐면……."

듣고 있던 정혁의 표정이 조금씩, 일그러지기 시작했다. 이윽고, 참다못한 정혁이 북경각의 문을 활짝 열고 들어서며 크게 소리쳤다.

"야 이 새끼야! 네가 사람이야?"

크게 놀란 사장이 정혁에게 시선을 돌리기도 전에, 그리고 전화를 끊기도 전에 정혁의 주먹이 사장의 얼굴을 향해 날아들었다.

와장창―

정혁의 단단한 주먹에 맞은 사장이 넘어지며 테이블을 붙잡은 탓에, 테이블이 함께 쓰러졌다.

그 위에 올려져 있던 수저통이 바닥에 엎어지며 한껏 요란한 소리를 냈다. 사장은 정혁에게 맞은 관자놀이를 감싼 채로 정혁에게 다급하게 말했다.

"야, 정혁아. 어디서부터 들은 건지는 잘 모르겠는데, 너도 한 번 잘 생각해봐라 크게 한 건 할 수 있는 기회다. 걔가 평생 네 옆에 있겠냐? 우리한테는 지금이 기회야. 걔는 어차피 앞으로 돈 많이 벌 수 있잖아."

정혁은 쓰러져 자빠져 있는 사장의 말에 대답을 하긴

커녕, 시선조차 두지 않은 채로 지나쳐 라커룸에 가서는 자신의 지갑을 외투 안주머니에 꾹 눌러 담고는 바닥에 자빠져있는 사장에게 다가서며 말했다.

"개자식아, 그 순해빠진 애를 이용해먹을 생각을 해?"

사장은 목에 핏대를 세우고는 침을 튀겨가며 정혁에게 소리쳤다.

"어차피 걔는 쉽게 벌 수 있는 돈이잖아! 걔가 계속 우리 옆에 있겠냐고! 너도 잘 생각해보라고!"

정혁의 날카로운 시선이 사장의 눈을 정면으로 향했다.

"떠나든, 옆에서 우리 뒤치다꺼리 해주던 다 경묵이가 선택하는 거야. 우리 생각해주면 우리는 고맙다고 말해주면 되는 거고 지 살길 찾아 나가면 수고했다고, 고마웠다고 말해주고 잘되길 빌어야 되는 거야 개새끼야."

사장이 크게 침을 삼킨 채 씩씩거리며 정혁의 눈을 바라보자 정혁이 말을 이었다.

"나 내일부터 안 나온다. 깽 값은 내 이번 달 월급으로 계산하자. 계산대로면 조금 더 때려줘야 되는데, 당신 욕심 많으니까 맞춰주는 거야."

─퉤

정혁은 바닥에 침을 한 번 뱉고는 주머니에 양손을 넣은 채로 가게 문을 향해 걸음을 옮기다가 문 앞에 섰을 때 사장에게 시선을 돌린 채 나지막이 말했다.

"그렇게 살지 마라, 정말."

사장은 정혁에게 얻어맞은 뺨을 움켜쥔 채, 부들부들 떨 뿐 아무런 행동도 할 수 없었다. 정혁은 가게를 나서자마자 경묵에게 전화를 걸었다. 신호가 몇 번 가기도 전에 전화를 받은 경묵이 밝은 목소리로 대답했다.

"예, 형님!"

"어디냐 경묵아?"

"저 사장님하고 면담 좀 하고, 지금 집 들어가고 있어요."

"잠깐 볼래? 술이나 한 잔 하던가."

"그래요 형. 어디로 갈까요?"

"거기 너희 집 근처에 우리 자주 가던 실내포차 있잖아, 거기서 보자."

❀

경묵이 가게 안에 들어섰을 때, 정혁은 이미 소주 반병 가량을 먼저 마신 듯 보였다.

"도착하신지 오래 되셨어요?"

"아니, 얼마 안 됐어."

"형, 무슨 일 있으세요?"

"내가 무슨 일이 있겠냐."

자리에 앉은 경묵이 외투를 벗어 자신의 술잔을 흔들어 보이자 정혁이 직접 술을 따라주며 말했다.

"경묵아."

"네?"

"형 내일부터 가게 그만둔다."

"예? 갑자기 왜요?"

정혁이 대답대신 자신의 술잔을 들자 경묵 역시 자신의 잔을 들어서는 정혁의 잔에 살짝 부딪혀 보였다.

쨍-

유리잔이 부딪히는 소리가 작게 퍼진 뒤에, 두 사람 모두 자신의 잔에 든 술을 단번에 입에 털어 넣었다. 경묵은 표정 한 번 바꾸지 않고 잔을 내려놓으며 정혁에게 물었다.

"형님, 북경각을 그만두신다니요?"

"정신 차려라. 너도 내일부터 이제 북경각은 잊어."

"무슨 말씀이세요, 형님?"

"내가 네 몫까지 사표수리 마쳤으니까, 가게는 이제 네 인생에서 없던 곳이라고 생각해."

이윽고 경묵이 인상까지 구겨가며 정혁에게 물었다.

"아니, 대체 무슨 말씀을 하시는 거 에요?"

쿵-!

정혁이 테이블을 자신의 주먹으로 내리치자 술집 안에 있던 사람들의 시선이 모두 정혁과 경묵의 테이블로 쏠렸다. 정혁이 경묵을 쏘아보며 또박또박 말했다.

"정신 차리고, 네가 진짜 해야 할 일을 하라고 등신아. 어설픈 동정이나 연민에 사로잡히지 말고 네가 진짜 의무감을 느껴야하는 사람이 누군지를 똑바로 생각해."

경묵이 침을 한 번 삼키고 정혁의 눈을 바라보자 정혁이 자신의 앞머리를 한 손으로 쓸어 올리고는 말했다.

"갑자기 언성 높여서 미안하다."

"아니에요 형, 무슨 일 있었어요?"

정혁은 고개를 살짝 들었다가 이내 푹 숙여보이고는 말을 시작했다.

"너, 사장하고 무슨 얘기 하고 오는 길이냐?"

경묵이 아무런 대답도 하지 않은 채로 시선을 아래로 내리깔자, 정혁이 자신의 손으로 경묵의 한 손을 꽉 감싸쥐고는 말했다.

"경묵아, 형이 아까 너 가고 나서 사장이 지 친구하고 통화하는 내용을 들었다."

"네……?"

갑작스러운 말에 경묵의 시선이 빠르게 정혁의 눈으로 향했다. 정혁은 한숨을 한 번 내쉬고는 곧바로 다시 말을 이어갔다.

"뭐라고 하고 있는지 아냐? 호구 잡았다고, 제대로 남겨먹을 수 있게 도와주면 수수료 명분으로 조금 떼 주겠다고 통화하고 있더라. 내가 그거 듣고 들어가서 한 소리 하니까 또 뭐라는 지는 아냐? 네가 평생 우리 옆에 있을 거 아니니까 같이 이번 기회에 한몫 챙겨 보자더라."

이윽고 경묵의 얼굴에 감정을 읽을 수 없는 표정이 떠올랐다. 정혁은 자신의 술잔에 스스로 술을 채우며 말했다.

"그러니까, 정신 차리라고 제발."

경묵은 자리를 박차고 일어서며 자신의 외투를 주워 들고는 정혁에게 떨리는 목소리로 말했다.

"형, 죄송한데 오늘 먼저 들어가 봐도 될까요?"

"임경묵."

"네, 형."

"그 말 알지? 호의가 계속 되면 권리인 줄 안다는 말."

경묵이 고개를 떨어트린 채 아무런 대답도 하지 않자, 정혁이 말했다.

"경묵아, 네가 어떤 선택을 하고 어디를 떠나도 누구도 너를 원망할 수 없다. 너는 적어도 그런 대접받을 만큼 열심히 살았잖아. 이제 진짜 꿈을 쫓아야지. 너 처음에 중화 팬 잡은 이유가 뭐였는지 까먹었냐?"

경묵이 고개를 저어 보이자 정혁이 말했다.

"너 어디 가서 떳떳한 일 하고 싶다고 주방 들어와서 칼 잡고 팬 잡았던 거다. 그러다보니까 이게 네가 할 줄 아는 일이 된 것 뿐이야. 할 줄 아는 게 이거니까 이걸로 밥벌이할 생각만 했던 거고."

정혁은 다시 한 입에 잔에 든 술을 입 안에 털어 넣고는 말했다.

"여기서 도태되지 말고, 너는 이제 네 세상을 찾아야지."

경묵은 다시 자리에 앉아서 물 컵에 담겨있던 물을 다 마셔버린 다음 컵 안에 술을 잔뜩 따라 넣고는 한 번에 들이켰다.

정혁은 그런 경묵이 딱하다는 듯 어깨를 두드려 주며 경묵의 잔에 다시 술을 천천히 따라 주었고, 이내 경묵은 눈물을 보이며 말했다.

"저는…… 다른 뜻 없었어요, 잘해줬던 사람한테 나도 잘해주고 싶었고 우리 가게 최고로 만들고 싶었을 뿐인데……"

"우리 가게가 아니야 경묵아. 우리가 일했던 북경각은 어디까지나 사장 가게야."

경묵이 고개를 천천히 끄덕이자 정혁이 웃으며 말했다.

"혼란스러울 거 알지만 너는 어렵게 생각할 것도 없고 상심할 것도 없어. 넌 아무것도 안 잃었어. 사장이라는 사람을 잃은 게 아니라 사장이라는 사람에 대해서 알게 된 거야. 오히려 사장이 너라는 사람을 잃은 거고.”

정혁은 소주 병 뚜껑을 만지작거리며 말했다. 이는 정
혁의 버릇이었는데, 듣기 좋은 말을 해줄 때면 이상하리
만큼 수줍어하곤 했다.

“야 이 바보야, 정 최고의 중국집을 만들고 싶으면 네가
차리면 되잖아.

정혁은 양 손을 깍지 낀 채 경묵을 빤히 쳐다보며 다시
입을 뗐다.

“네가 차려. 북경각. 내가 어떻게든 도와줄테니까.”

정혁의 말을 들은 경묵의 심장이 빠르게 뛰기 시작했
다. 경묵은 젖은 눈가를 어찌하지 못한 채 살짝 웃으며 고
개를 끄덕여 보이고는, 잔을 들어보였다. 그런 경묵을 바
라보고 있던 정혁도 자신의 잔을 손에 쥐었다.

쨍-

다시 한 번 경묵과 정혁의 잔이 허공에서 부딪혔다. 잔
을 들이키기 전, 정혁은 밝게 웃으며 장난기 가득한 목소
리로 물었다.

“너 혹시 나중에 가게 차렸는데 나 안 써주는 거 아니지?”

❀

서은은 침대에 누워서 각성자들에게 주어진 상점기능

인 '블랙마켓'을 이용하고 있었다. 그러던 중 서은은 경묵의 2차 직업군이 강화사라는 사실을 다시금 떠올리고는 강화사 관련 스킬북을 검색해 보았다. 그 중 서은의 눈에 들어오는 스킬 북 하나가 있었다.

'뭐든지 강화.'

주변의 각성자들을 통해서 몇 번 들어본 적이 있는 스킬이었다.

[뭐든지 강화]

설명 : 상점에서 구입한 물건이 아닌 현실의 물건을 강화할 수 있습니다.

습득자격 : 강화사

등급 : 일반

가격 : 500GEM

종종 GEM을 받고도 엘릭서를 판매했던 서은에게는 1300GEM이 있었다. 서은은 '뭐든지 강화' 스킬 북을 구입하고는 만족스럽다는 듯 미소를 지어보였다. 아무리 생각해보아도 '뭐든지 강화'는 경묵에게 꼭 필요한 스킬 북이었다. 서은은 곧장 경묵에게 메시지를 보냈다.

[경묵씨, 아무래도 시범적으로 푸드트럭 영업 개시를 해 봐야 할 것 같네요. 이야기를 조금 나누고 싶은데 혹시

언제 시간 되세요?]

한창 바쁜 시간일 것이라 한참 뒤에야 답장이 올 거라 생각한 서은의 예상과 다르게 경묵은 곧장 답장을 해 주었다.

[임경묵 : 저야 언제든지, 서은씨 오늘 시간 되시면 혹시 오늘 잠깐 볼 수 있을까요?]

서은은 입가에 미소를 지어보이곤 곧장 답장을 보냈다.

[네, 있다가 경묵씨 일 끝나실 시간쯤에 가게로 갈까요?]

서은이 핸드폰을 내려놓기도 전에 연달아서 답장이 왔다.

[임경묵 : 아니요.]

[임경묵 : 지금 볼 수 있으세요?]

'오늘 휴무인가 보네'

[알았어요, 준비 하고 연락드릴게요. ^^]

서은은 답장을 보내고는 괜스레 들뜬 마음으로 준비를 시작했다. 씻고 나서 화장대에 앉은 서은은 일전에 북경각에서 경묵과 단 둘이 술을 마셨던 날이 떠올랐다. 아직도 경묵이 했던 말이 귓가에 아른거렸다.

'서은씨…… 부먹? 찍먹……?'

한참동안 고갯짓을 하던 서은이 화장을 시작했다. 머릿속에는 경묵에게 스킬 북을 건네주며 무슨 말을 해야 할지에 대한 고민뿐이었다. 오다 주웠어요? 자고 일어나니까 머리맡에 있었어요? 거울을 바라보며 이런 저런 말들을 연습해 보았으나 생각처럼 쉽지는 않았다.

✾

그 시각, 정혁은 경묵이 자꾸 불러대는 탓에 간신히 눈을 떴다. 술자리는 늦게까지 이어졌고, 결국 둘 다 인사불성이 돼서 정혁의 집으로 왔고 그대로 잠들었다.

"으…… 왜 깨우는데……. 지금 몇 시인데?"

"두 시요."

"난 오늘부터 새벽 두시에 일어날 거니까 깨우지 마."

경묵은 이미 준비를 마치고 거울 앞에 서서 옷매무새를 가다듬고 있었다.

"형 얼른 일어나서 준비해요."

"왜? 어디 갈 데라도 있어?"

경묵은 정혁을 바라보며 한 번 씩 웃어 보이고는 입을 뗐다.

"준비를 시작해야죠! 새로운 진짜 북경각을 만들 준비!"

정혁은 간신히 몸을 일으켜 앉았다. 머리는 헝클어져있고 얼굴은 퉁퉁 부었고 한쪽 눈은 눈꼽 탓에 도저히 뜰 수가 없었다. 입은 쩍쩍 마르고 속은 안 좋은 것이 분명 몇 시간은 더 자고 일어나야만 할 것 같았다.

"경묵아."

"안 돼요."

정혁은 피식하고 웃음을 지어보인 뒤에 침대를 짚고 일어서며 경묵에게 말했다.

"야, 뭐라고 할 줄 알고 대뜸 안 된다고 하냐."

"뻔해도 너무 뻔 하니까 그렇죠."

정혁은 킥킥 웃어대며 천천히 화장실을 향해 걸음을 옮겼다.

정혁이 씻고 나올 동안 경묵은 휴대폰으로 푸드트럭에 대해서 검색해보고 있었다. 트럭 뒤쪽에서 조리가 가능하게끔 개조를 해주는 외주 업체들의 광고가 태반이었다. 직접 하자니 난이도가 상당해 보이는 탓에 엄두가 잘 나지 않았다.

얼마나 들여다봤는지 정혁이 목에 수건을 두른 채 속옷 바람으로 휘파람을 불며 화장실에서 나왔다. 화장실에서 나온 정혁은 경묵이 심각한 표정으로 핸드폰을 들여다보는 것을 확인하고 옆에 바짝 서서 함께 보기 시작했다.

"푸드트럭?"

경묵은 무미건조한 목소리로 정혁에게 답했다.

"형, 옆에 서계시려면 옷 좀 입어 주셨으면 좋겠는데요."

"경묵아, 너 푸드트럭 해보려고 그러냐?"

"네, 형 그런데 뭐가 뭔지 너무 어렵네요."

정혁이 이가 다 드러날 정도로 환히 웃어보이고는 말했다.

"경묵아 형이 도와줄까? 형네 아버지가 전에 푸드트럭을 잠깐 하셨었는데, 그때 처음부터 끝까지 아버지랑 형이랑 둘이서 만들었다 이거거든."

정혁의 자신감 가득 섞인 목소리에 경묵이 웃음을 지어보이고는 대답했다.

"형, 정말 다행이에요 설비 문제 때문에 고심했었는데…… 업체에 맡기면 되는 일 이기야 하지만, 이왕이면 직접 해보고 싶었거든요!"

정혁은 땅에 떨어져있던 티셔츠를 주워 입으며 당당한 목소리로 말했다.

"그래, 그건 이제 그만 고민해도 될 거야."

"하, 역시 형 밖에 없네요."

그 때, 휴대폰에서 메시지 도착 알림 음이 울렸다. 예상대로 발신인은 서은이었다.

[최서은 : 경묵씨, 저는 준비 다했는데 그때 푸드트럭 이야기 했던 경묵씨 집 앞에 카페 있잖아요. 신촌 말고, 거기서 볼까요?]

[알겠습니다. ^^]

경묵은 재빠르게 답장을 보내고는 다시 거울 앞에 서서
는 머리를 다듬고는 정혁에게 말했다.

"형! 늦겠어요. 빨리 좀 준비해요."

"아, 성질 급한 거 하고는 알았어, 인마 기다려봐."

두 사람이 약속 장소에 도착했을 때, 서은은 이미 도착
한 뒤였다. 경묵이 가게 안으로 들어선 것을 확인한 서은
이 미소를 지어보이며 손을 흔들어보이자 정혁이 경묵의
옆구리를 살짝 살짝 치며 물었다.

"야, 누구야? 여자 만나러 가는 거라고 안했잖아."

"남자 만나러 가는 거라고도 안 했는데요."

"누군데?"

"서은씨라고 이번 푸드트럭 사업의 동업자이자 투자자
에요."

서은이 앉은 테이블에 다다른 경묵이 먼저 맞은편의 의
자를 빼서 앉으며 말했다.

"서은씨, 오랜만이에요, 여긴 저희 주방장 정혁이형."

서은이 정혁을 바라보며 한 번 미소를 지어보이고는 고
개 숙여 인사했다.

"안녕하세요, 최서은이라고 합니다."

"예, 안녕하세요. 경묵이 인생에 아주 크나큰 보탬이 되고 있는 최정혁이라고 합니다."

정혁이 능청스럽게 자기소개를 마치자 경묵은 고개를 저어보였다.

서은은 지금까지의 진행 상황에 대해서 설명했다. 각성자 협회 측에 던전 앞에서의 판매를 허가 받은 상태이고, 오히려 약간의 지원을 받을 수도 있을지 모른다는 말을 해 주었다. 최종적으로 트럭이 준비되고 시설만 갖추게 된다면 당장이라도 장사를 시작할 수 있는 상태였다.

경묵은 고개를 끄덕이고는 서은에게 말했다.

"지금 저랑 정혁이형이랑 둘 다 퇴사 처리를 마친 상태에요 서은씨."

"에? 북경각을 그만 뒀다고요?"

경묵이 고개를 끄덕이자, 서은이 되 물었다.

"왜요?"

경묵이 북경각을 어떻게 생각하고 있는지 만큼은 확실히 할고 있는 서은이었다. 의문이 생기지 않을래야 생기지 않을 수 없는 상황이었다. 경묵은 쓴 웃음을 지어보이며 서은에게 말했다.

"자세한 건 나중에 말씀드릴게요. 간략히 말씀드리자면, 저희만의 진짜 북경각을 개업하는걸 목표로 삼으려고요."

경묵은 자신의 손바닥을 한 번 비비고는 곧 바로 다시 입을 뗐다.

"아 맞다, 서은씨 혹시 주방시설 설비는 어떻게 하려고 하셨어요?"

"음, 그건 아무래도 외주 업체 쪽에 맡기려고 생각하고 있었어요."

서은의 말을 들은 경묵의 표정이 밝아졌다.

"서은씨, 그 부분은 정혁이형이 맡아서 도와주실 거 에요. 정혁이형 아버지가 전에 푸드트럭을 하셨었는데 그때 설비를 한 번 해본 경험이 있다고 하니까 저희 둘이서 하는 것 보다는 아무래도 큰 도움이 될 것 같아요. 이왕 한 번 해보는 거 직접 해보면 좋잖아요."

서은이 고개를 끄덕이고는 대답했다.

"정말 다행이네요. 비용을 떠나서 뭔가 조금 아쉬울 뻔 했는데……."

"저기 있잖아요 서은씨. 죄송한데, 혹시 이번 푸드트럭 사업에 정혁이형도 동참해서 함께 진행해 볼 수 있을까요? 저희한테도 여러모로 도움이 될 것 같아서요."

한 번도 전해 듣지 못한 이야기가 나온 탓에 경묵의 말을 들은 정혁이 크게 놀란 듯 보였고, 서은은 밝게 웃으며 고개를 끄덕였다.

"그럼요, 손이 늘어나면 더 편하겠죠."

정혁은 뻘쭘한 듯 뒤통수를 긁어대다가 기어들어가는 목소리로 말했다.

"이거 다 된 밥상에 숟가락을 올리는 기분이라 조금 죄송스럽네요."

"아니에요, 그런 걱정 마세요. 아직 진행된 거라곤 하나도 없는걸요. 아, 맞다 경묵씨 이거 받으세요."

서은이 자신의 핸드백에서 스킬 북 하나를 꺼내서 건넸다. 어떤 무늬도 없고, 아무런 글씨도 적히지 않은 보라색 책을 보자마자 경묵은 스킬 북임을 직감했다.

"오, 이게 뭐에요?"

"한 번 읽어 보세요."

경묵은 스킬 북의 상세 정보를 확인했다.

[뭐든지 강화]

설명 : 상점에서 구입한 물건이 아닌 현실의 물건을 강화할 수 있습니다.

습득자격 : 강화사

등급 : 일반

가격 : 500GEM

정보를 확인한 경묵이 크게 흥분해서 소리쳤다.

"와! 이거 정말 대단한 스킬인데요? 이런 스킬이 있단

말이에요?"

"네, 지금 경묵씨 눈앞에 있잖아요."

"정말 고마워요, 정말 잘 쓸게요."

서은은 연신 이어지는 경묵의 감사인사에 얼굴을 붉히며 헛기침을 해대다가 간신히 답했다.

"고마워하실 필요는 없어요, 그냥 누구한테 받은 건데 습득도 못하는 스킬이니까 드린 것뿐이에요."

"그래도 정말 고마워요!"

경묵은 곧바로 스킬 북을 습득했다. 항상 느끼던 찌릿찌릿한 느낌이 머릿속에 파고들었다가, '뭐든지 강화'라는 스킬 자체를 원래 알고 있던 것처럼 친숙하게만 느껴졌다. 물론 손에 있던 스킬 북은 이미 사라진 뒤였다.

마음 같아서는 당장 아무거나 강화를 해보고 싶었지만, 애석하게도 강화석이 없는 상태였다.

그 장면을 처음으로 목격해본 정혁은 조금 놀란 눈치 같기도 했다.

경묵과 서은, 정혁은 푸드트럭에 관한 거의 전반적인 계획을 다듬고 있었다.

우선 트럭 구입과 설비에 대한 모든 권한을 정혁에게 위임했고, 정혁이 푸드트럭의 주방시설 설비를 마치는 대로 수도권의 중급 던전에서 시범적으로 운영을 해보기로 했다.

대략적인 틀이 잡혀가자 경묵이 말했다.

"그럼 음료도 함께 파는 건 어떨까요?"

"음료요?"

서은이 되묻자 경묵이 미소를 한 번 지어보이고는 답했다.

"커피라던지 스무디 같은 음료들 있잖아요. 그런 거라면 서은 씨가 엘릭서를 제조 하는 것과 같은 원리로 제조할 수 있을 것 같은데, 어떻게 생각해요?"

서은이 한쪽 손으로 자신의 목을 감싼 채로 웃으며 대답했다.

"음, 그거 상당히 괜찮은 것 같은데요?"

정혁은 살짝 의아하다는 표정으로 답했다.

"그런데, 지금 예산으로 잡은 1400만원으로는 무리가 조금 있을 것 같은데요? 애초에 푸드트럭 관련법이 굉장히 호전적으로 바뀌는 바람에 푸드트럭의 가격 자체도 상당히 오른 상태거든요. 스무디 같은 음료야 쉽게 제조가 가능한데, 커피 같은 경우에는 부수적으로 필요한 기계가 많으니까요."

서은이 활짝 웃으며 정혁에게 말했다.

"비용적인 측면에서는 걱정하지 않으셔도 되요. 어차피 후에 발생하는 수입으로 투자금액을 매꾼 다음에 균등하게 수익을 배분하면 되니까요."

정혁이 한참을 곰곰이 생각하다가 말했다.

"음, 그럼 정말 문제될 것이야 없는데 서은씨가 너무 밑지는 장사를 하시는 것 아닌가 싶네요. 수입이 보장된 상태는 아니니까요."

그러나 서은은 너무도 단호한 목소리로 정혁의 말에 답했다.

"아니요, 단언컨대 성공확률 100%에요. 처음에 투자를 자처했던 것도 저고요. 중급 라이센스 소지자들이 주로 왕래하는 중급 던전 앞에서 영업을 한다면 분명 불티나게 팔릴 거에요. 시중에 공급되고 있는 엘릭서는 몹시 한정적이고, 버퍼라는 직업군은 당연히 시중에 풀린 엘릭서의 숫자보다 적죠. 버퍼가 구하기 힘든 만큼 수요가 늘어날 거 에요. 식사를 겸할 수 있다는 깨알 같은 장점도 있는 상태고, 맛도 뛰어난 편이니까요."

경묵이 무언가 마음에 들지 않는 듯 고개를 기웃거리다가 말했다.

"그런데, 트럭 안에서 모든 걸 해결하기엔 공간이 너무 협소할 것 같아요. 사실상 정혁이형이랑 저만 트럭 안에 들어가 있는다고 하더라도 많이 불편할 거에요."

경묵의 말을 들은 정혁이 경묵의 어깨 위에 팔을 두르며 말했다.

"아니다, 경묵아. 잘 생각해보면 음료는 커피기계나,

믹서기 사용에 필요한 전기만 끌어 쓸 수 있다면 트럭 옆에 조립식 테이블을 설치해서 판매해도 문제될 게 없잖아. 제빙기 같은 경우야 트럭 안에 설치해두어도 되는 거고."

정혁은 흡족하다는 듯 미소를 지어보이고는 말했다.

"아마 푸드트럭 같은 경우는 모든 주방시설 설비기간까지 다 합해서 2주면 충분히 완성하고 남을 것 같네요."

서은은 고개를 끄덕여 보이고는 경묵에게 말했다.

"2주라……. 그럼 저는 판매할 음료 품목들의 레시피를 최대한 숙지해 보도록 할게요."

경묵은 서은에게 미소를 지어보이며 다정한 말투로 말했다.

"서은씨. 너무 부담 갖지는 마세요. 시범적으로 영업 개시를 한 번 해보자는 게 취지였잖아요."

"그래요. 첫 술에 배부를 수야 없는 거죠, 너무 걱정하지는 마세요."

정혁까지 가세하여 서은의 걱정을 덜어주려 노력하자, 서은은 그제야 조금 안심한 듯 미소를 지어보이고는 말했다.

"알았어요. 푸드트럭, 정말 기대되네요."

경묵 역시 결의에 가득 찬 목소리로 말했다.

"2주라……. 저도 그 시간 안에 최대한 많은 변화를 이

232 각성 1
북경각

룩해 보도록 할게요."

"어떻게요?"

서은이 장난기 섞인 목소리로 묻자 경묵은 다소 진지한 목소리로 대답했다.

"지금으로선 추상적인 대답밖에 드릴 수 없지만, 조리 능력치를 최대한 높여 볼 생각입니다."

이번 기회에 경묵은 던전에 한 번 다녀와 볼 생각이었다. 우선 몸으로 한 번 쯤은 겪어볼 필요가 있다고 판단했을 뿐더러, 주 고객층이 던전에 온 각성자라는 점을 감안하면, 그들에게 필요한 것이 무엇인지에 대해 직접 느껴보고 알아볼 필요가 있었다. 또한 영업개시 이전에 우선적으로 강화석을 얻어 '뭐든지 강화' 스킬의 성능 또한 한 번 시험해볼 필요성도 있었다. 그렇게 경묵은 자신만의 진짜 '북경각'을 향해 첫 걸음을 내딛기 시작했다.

5장. 맛집기행?

MODERN FANTASY STORY

각성!
북경각

　다음 날 아침. 경묵은 눈을 뜨자마자 발로 컴퓨터 본체의 전원 스위치를 눌렀다. 몇 번 눈을 비비고 나서 시계를 봤다.

　'아침 7시.'

　수년간 매일 같은 시간에 일어나다보니 이 시간만 되면 저절로 눈이 떠졌다.

　기지개를 한 번 펴고 나서 거실로 걸음을 옮겼다.

　냉장고 문을 열고는 주린 배를 움켜쥔 다음, 미간에 주름을 잡은 채로 냉장고 안을 천천히 훑어보기 시작했다.

　경묵은 냉장고 안을 한참동안 바라보다가 문이 열려있는 할머니의 방으로 눈을 돌렸다.

할머니는 아직 주무시고 계셨다.

정혁의 도움 덕분에 빌딩 청소 일을 그만두시고 집에서 통원치료를 받고 계셨다. 안색이 많이 좋아지신 것은 물론이고, 부쩍 말수가 늘어나고 웃음이 많아지셨다. 다만, 요즘 일정이 바쁜 탓에 함께 오래 있어드리지 못하는 것이 죄송스러웠다.

경묵은 인벤토리에 있던 +3미니 팬으로 계란프라이 하나와 식빵 하나를 구워서 접시에 담아냈다. 노릇노릇하게 구운 빵 위에 조금 설익은 계란을 올리고 노른자를 터트렸다. 미니 팬으로 조리한 요리들을 맛 보다보면 자신이 만들었음에도 불구하고 가끔은 깜짝깜짝 놀라곤 했다.

'만약 조리 능력치를 더 높은 수준까지 끌어올린 다음, 더 높은 수치까지 강화된 조리 기구를 이용해서 조리를 한다면…….'

오늘도 기대감을 갖고 식빵 테두리를 베어 물었을 때, 입 안에 경쾌한 소리가 울려 퍼졌다.

바삭-

식빵의 흰 부분은 마치 갓 구워서 오븐에서 꺼낸 빵처럼 부드럽고 따뜻했으며, 테두리 부분은 씹을 때 마다 '바삭' 하는 소리를 내고는 잘게 으깨진 후 녹아내리듯 사라졌다. 삼켜내고 나면 입안에 아쉬움이 감도는 맛이었다. 적정 온도에 적정시간 구운 것이 레시피의 전부임에도 불구하고 놀라운 맛이었다.

경묵은 빵을 한 입 더 베어 물며, 푸드트럭을 운영하는 단계에서 만큼은 여러 가지 품목을 활용하는 것 역시 나쁘지 않을 것 같다는 생각을 했다.

한 손으로 접시를 받쳐 든 채로 컴퓨터 앞에 앉은 경묵은 각성자 협회 공식 홈페이지를 열었다.

각성자협회 공식 홈페이지의 정보 공유 게시판을 열람한 경묵은 천천히 위에서 훑어보고 있었다.

대부분이 정보를 제공하고 글 아래에 자신들이 속한 집단의 이름을 게시함으로서 인지도를 알리고 있었다. 서로가 세력을 불려나가기 위해 고군분투 하고 있는 모습이었다.

대부분의 각성자들 역시 집단에 속해서 자신의 힘을 빠르게 키워나가기를 원했기 때문에 정보 공유 게시판에는 제법 쓸 만한 정보들이 많이 올라오고 있었다.

길드의 입장에서 정보 공유 게시판은 초보 각성자 들에게 길드의 이름을 알릴 수 있는 최고의 차선책임이 분명했다.

경묵 또한 길드나 팀 단위로 이루어진 집단에 소속되는 것 역시 나쁘지 않다고 생각을 하고 있었다. 정혁이 푸드트럭 준비를 끝마치기 전에 던전 탐사를 한 번 다녀올 예정이기도 했고, 보험으로 삼을 수도 있는 일이었다.

만일 푸드트럭이 예상하고 있는 매출을 기록하지 못한다면 소속된 길드나 팀에 납품하는 것만으로도 제법 쏠쏠한 매출을 기록할 수 있을 것 같다는 계산을 마친 뒤였다. 때문에 경묵 역시 좋은 정보를 흘려주는 글이라면 꼭 글 맨 밑 부분의 작성자의 소속 길드이름을 확인하고 있었다.

어떤 길드에서 어느 수준의 정보를 흘려주는지에 대해 파악하려는 것이었다. 또한 정보 공유 게시판 같은 경우에는, 초급 중급 상급 특급 총 4단계로 나누어진 각성자 라이센스에 맞춰서 등급에 맞는 정보 공유 게시판이 각각 따로 마련이 되어 있었다.

자신의 각성자 등급보다 하위 등급의 게시판은 열람이 가능했지만, 상위 등급의 게시판은 열람이 불가능한 시스템이었다. 아마 상위 등급으로 올라가면 올라갈수록, 더 높은 가치를 띄고 있는 정보를 많이 흘리고 있을 가능성이 높다는 게 경묵의 추측이었다.

경묵은 무심한 표정으로 연신 스크롤을 내리다가 눈을 사로잡는 제목이 있으면 곧장 클릭해서 확인을 하고 있었다.

딸깍-

마음에 드는 제목의 글을 발견한 경묵은 어김없이 클릭을 했다.

제목 : 혹시 '히든 스킬'에 대해서 아십니까?

현재 상점에서 판매되고 있는 스킬 북 외에도 스킬을 습득할 수 있는 방법이 있다는 사실을 많은 분들이 모르고 계시더군요.

밝혀진 바에 의하면 '히든 스킬'은 특정 조건을 모두 충족시켰을 때 자동으로 습득이 된다고 합니다.

스킬 별로 습득 조건 자체가 천차만별인 듯 보이고 밝혀진 바가 많지는 않아 별다른 정보를 드리기는 어려우나, 알아두시는 것만으로도 많은 분들께 도움이 되리라는 생각에 정보 남깁니다.

저희 '아트리온' 길드는 많은 각성자 분들에게 도움을 드리고자 노력…….

열중해서 글을 읽어나가다가 길드 소개 문구가 나오는 부분에서 뒤로 가기 버튼을 눌렀다.

'히든 스킬 (Hidden skill)' 말 그대로 숨겨진 기술이다. 경묵에게는 상당히 매력적인 시스템으로 다가왔다. 분명 습득이 어려운 만큼 특별한 효과를 갖추고 있을 것이라는 생각이 들었다. 당장이야 멀리 느껴진다지만, 아마 상위 등급 각성자들 중 상당수가 이미 '히든 스킬'을 습득한 것 같았다. 히든 스킬의 종류가 많다는 것도 흥미

로웠지만, 습득 조건이 천차만별이라는 점이 더욱 매력적으로 느껴졌다. 특수능력치처럼 각성자 개개인의 성향이 반영된 스킬을 얻을 수 있을 것 같은 가능성이 보였기 때문이다.

요리와 관련된 히든 스킬을 얻었으면 좋겠다는 생각을 하며 경묵은 다시 조금씩 스크롤을 내렸다.

처음 정보 공유 게시판을 이용할 때에는 하나하나 다 클릭해서 봤었지만, 그래도 정보 공급에 어느 정도는 한계가 있어서 그런지 제목만 조금 바뀌고 내용은 비슷한 경우가 허다했다. 제목만 보더라도 대충 내용이 감이 오는 경우도 허다했고, 그렇다보니 자연스레 제목이 끌리는 글을 열어서 보게 된 것이다.

그러던 중 또다시 이목을 잡아끄는 글 하나가 경묵의 눈에 들어왔다.

경묵은 빈 접시를 책상 한 편에 치워두며 눈을 가늘게 뜨고는 자신의 이목을 끄는데 성공한 제목을 응시했다.

딸깍―

경묵은 자세를 가다듬고 앉아 곧장 게시물을 열람했다.

────────────────────────────

제목 : 던전, 그리고 식량

던전 하면 왠지 물도 함부로 마셔서는 안 될 것 같은 느낌이 강하게 들곤 하죠.

사실상 숨만 쉬어도 불안한 기분이 드는 곳이니까요.

그런데 혹시 아십니까?

상위 등급의 각성자들은 던전 안에서 얻은 식재료들로 식사를 해결하는 경우가 비일비재하다는 사실 말입니다.

물론, 목적에 따라 다르겠지만 초급 던전만 하더라도 체류시간이 길어지면 3~4일 까지 가곤 하는데, 중급 이상의 던전이라면 더 하겠지요.

대부분의 상위 각성자들은 준비해온 식량이 떨어지는 시점부터는 물은 물론이고 각 던전의 지형지물에 따라 식용 가능한 것이라면 모두 모아두기 시작합니다.

가방이 터질 만큼의 식료품을 챙겨왔고, 인벤토리에 블랙마켓에서 구입한 식료품들이 잔뜩 있다면 모를까, 아니라면 대부분은 그렇게 조금씩 식량을 비축해두곤 합니다.

던전에는 의외로 외부의 식재료들과 견주어도 손색이 없는 것들이 천지입니다.

몇몇 괴수들의 경우에는 오히려 바깥의 육류보다 더 깊은 맛을 지닌 경우도 있습니다.

각종 어패류 및 해산물과 유사한 괴수들도 마찬가지입니다.

대부분이 바깥의 음식들보다 훨씬 더 깊은 맛과 풍미를 지니고 있는 경우가 허다하지요.

비록 처음에는 거부감이 드시더라도 조금씩 노력을 하시다 보면…….

——————————————————

경묵은 다시 뒤로 가기 버튼을 눌렀다. '거부감'이라는 단어 때문에 피식 하는 소리와 함께 한 쪽 입 꼬리가 위로 말렸다. 목숨이 왔다 갔다 하는 곳에서 거부감이 들어서 못 먹겠다는 얼간이들도 있다는 말인가?

식용이라고 판별받지 못한 것을 입으로 가져갈 때 의구심이 드는 것이야 당연하다지만, 안전성이 검증된 것들을 먹으면서 거부감을 느낀다면, 그건 각성자로서의 자질 문제일 것이다.

경묵은 마우스에서 손을 떼고 의자 등받이에 몸을 기대고는 팔짱을 낀 채로 가장 인상 깊게 읽은 문장을 다시 한 번 떠올렸다. 대부분이 바깥의 음식보다 훨씬 더 깊은 맛과 풍미를 지니고 있는 경우가 많다…….

우선 당장 던전에서 공수해낸 식재료를 이용해서 판매를 한다거나 특별한 요리를 만들어보려는 것은 아니고, 단순히 맛에 대한 호기심이었다.

일전에 직접 파티나 팀을 구한다는 글을 올렸을 때 받았던 쪽지들을 다시 한 번 읽어보려고 쪽지 함을 열었던 경묵은 '그때는 경황이 없어서 답장을 못 드렸으나 대화를 나누어보고 싶다'는 쪽지를 성심성의껏 작성하고는 발신 버튼을 눌렀다.

띵―

[삭제된 회원코드입니다.]

경묵은 침을 꿀꺽 삼키고는 다시 천천히 스크롤을 내리기 시작했다. 괜히 심장이 빨리 뛰는 듯 느껴지고 약간 어지러웠다. 전에 서은에게 듣기로 회원 코드가 삭제되는 것은 단 한 가지 경우라고 했다.

'죽음.'

너무 안일하게 생각했던 탓인가?

던전에 대한 생각이야 수 없이 했다지만, 한 번도 생각해보지 않았던 단어였다. 어째서 당연히 모든 일이 술술 풀릴 것이라고만 생각했던 걸까? 아주 오랜만에 괜히 묘한 이질감과 동시에 적잖이 씁쓸한 기분을 맛볼 수 있었다.

잠시 동안 고민하던 경묵은 다시금 전에 받았던 쪽지들을 천천히 열어보기 시작했다.

경묵은 그 뒤로 전에 자신에게 쪽지를 보냈었던 각성자들 세 명에게 쪽지를 보내보았지만 회원코드가 삭제되었다는 안내 창만 두 번을 더 볼 수 있었다.

경묵은 잠시 고민에 잠겼다가, 다시금 게시판에 파티를 구한다는 목적의 글을 작성하기 시작했다.

'그래도 각성을 했으니 한 번쯤은 다녀와 보는 게 훨씬 더 도움이 되겠지.'

아마도 목숨을 잃은 이들은 상위 등급 각성자들일 것이라는 생각으로 자신을 달래며 게시물 작성을 마친 후, 완료 버튼을 눌렀다.

제목 : 초급/01/버퍼 파티 구합니다.

내용 : 제목 그대로입니다. 초급 라이센스에 각성자 레벨은 1이고, 1차 직업군 버퍼입니다.

현재 근력강화, 민첩강화 기술을 보유중이며 공격마법으로는 마법화살이 있습니다.

아쉽게도 던전 경험은 단 한 번도 없습니다.

우선 쪽지 남겨주시면 확인하는 대로 답신 드리도록 하겠습니다.

연락 기다리고 있겠습니다.

경묵은 자신이 작성한 글을 다시 한 번 읽어보기 시작했다. 반이나 읽었을 때였을까? 쪽지 도착 음과 댓글 알림음이 연달아 울리기 시작했다.

띵-띵- 띠리딩딩-

연신 울려대는 알림 음에 괜스레 기분이 좋아진 경묵은 '버퍼'라는 직업군의 희소성에 대해 다시금 생각해보게 되었다.

'이 정도면 인기가 나쁘지 않은데?'

'버퍼' 직업군의 인기가 이 정도라면, 2차 직업군이 '강화사'라는 것을 밝혔을 때에는 어떤 파장이 생길지는 안 봐도 뻔한 일이었다.

강화사를 비롯한 몇몇 직업군은 2차 직업군에서만 발현되는 것으로 밝혀져 있다고 한다. 또한 소수 직업군의 경우 특수 등급의 스킬 북을 상점에서 몹시 싼 가격에 판매하는 경우가 종종 있곤 했다.

사실상 각성자들 사이에서도 소수 직업군과 관련된 아이템이나 스킬 북은 저가에 거래되고 있었고, 등급이 아무리 높다 한들 습득할 수 없고, 사용할 수 없다면 애물단지였다.

특이 취향을 가진 몇몇 수집가들이 장식용으로 인벤토리에 넣어두는 것 외에 별다른 사용처가 없었기에 비교적 저렴한 가격에 거래가 이루어지고 있었으며, 상점 가격역시 별 다른 차이가 없어서 '되팔기' 기능을 이용하더라도 막심한 손해를 보는 격 이였다. 되팔기 기능이란 무엇인가?

상점, 즉 블랙마켓에서 판매하는 물품을 상점 판매가의 2분의1 가격으로 되팔 수 있는 기능이다.

물론 이용 빈도는 상당히 낮은 편인 듯 보였다.

애초에 각성자들 사이에서 이루어지는 거래가격 책정 자체가 상점에 되팔았을 때 측정되는 가격보다 조금이라도 높은 가격에서 시작되었기 때문이다.

경묵은 틈이 날 때마다 수시로 정보 공유 게시판을 들락거린 탓에, 이제 다른 각성자들 못지않게 많은 상식을 갖추게 되었다.

정보 공유 게시판에는 정말 많은 정보가 있었고, 그 중에는 서은이 만들어서 파는 엘릭서에 관한 게시물도 몇 개가 있었다. 괜스레 반가운 마음에 훑어보았던 적이 많지만, 결국엔 팁이나 노하우라기보다는 구매가 어렵다고 징징대는 글들이 태반이었다. 그나마 적혀있는 유일한 노하우라고는 11시 50분부터 광클(광속으로 클릭)을 하는 것 외에는 별다른 해답이 없다는 글 이었다.

엘릭서 제조에는 아무런 관심도 없는 서은을 생각하니 괜스레 웃음이 났다.

경묵은 서은과 처음 푸드트럭에 관한 이야기를 나누고 서은이 투자 의사를 밝힌 후로 쭉 궁금한 것이 하나 있었다. 서은은 이미 엘릭서로 안정적인 수익을 올리고 있을 뿐더러 원한다면 판매량을 더 늘려서 훨씬 많은 돈을 벌 수 있음에도 불구하고 푸드트럭에 투자를 하는 것이 궁금했다. 투자까지야 그렇다고 치더라도 직접 발 벗고 나서서 일을 도와주는 것은 도무지 어떤 의도인지 이해할 수가 없었다.

어제 카페에서 푸드트럭이야기가 한창이던 때에 호기심을 참지 못한 경묵이 서은에게 물었을 때, 돌아온 대답은 의외인 것은 물론이고, 심지어 황당하기까지 했다.

"다른 뜻 없어요. 그냥 재미있을 것 같아서요. 그리고 혹시 알아요? 제가 한국에서 내로라하는 대기업 회장의 딸일지도 모르잖아요. 어쨌든 전 돈에는 별로 관심 없어요."

아무렇지 않게 대답하던 서은을 아무런 표정변화 없이 한참동안 바라보던 경묵이 소리 내어 웃음을 터트렸다.

경묵은 서은의 이런 털털함이 너무도 마음에 들었다. 하기야, 귀찮아서 엘릭서의 판매량도 하루 10개로 지정해놓은 서은이 어떤 이유를 가지고 도와주는 것인가에 대한 의문을 가지는 것 자체가 우스운 일이었을지도 모른다.

그리고 지금, 경묵은 고개를 끄덕이며 의지를 다졌다.

서은의 흥미가 떨어져서 일손을 거들지 않는다고 해도 부족하지는 않았지만 서은에게 정말 재미있는 장사가 어떤 것인지를 보여주고, 경험시켜주고 싶었다. 자고로 재미있는 장사가 무엇인가? 말 그대로 잘 되는 장사 아니겠는가? 지금까지야 버프 효과가 걸린 음식은 없다지만, 만약 이번 푸드트럭이 성공적인 결과를 이룩해낸다면 우후죽순처럼 생겨날 것이 분명했다.

동네에 고작해야 두 개, 세 개 있던 휴대폰 가게를 이제는 3걸음에 하나씩 볼 수 있다.

무한리필이 유행할 때에는 무한리필 음식점이, 또 실내 포차가 유행할 때에는 하나하나 이름을 거론하기도 힘들 만큼 많은 실내포차 브랜드들이 다 같이 약속이라도 한듯 갑작스레 급증했다.

그런데 만약 자신보다 각성자 등급이 더 높은 버퍼들이 버프효과 음식을 모방해서 사업을 계획한다면?

요리의 맛 또한 이미 갖추어진 자본을 이용해 높은 등 급으로 강화한 조리기구와 식재료를 사용하여 최고로 끌어올린다면?

말 그대로 의지와 집념이 유일한 자본인 청년 사업가와 오늘 두둑한 퇴직금을 입금 받은 전(前) 대기업 임원의 싸움과 별다를 것이 없었다.

먼저 시작한다는 이점을 이용해서 압살할 수 있는 무언가가 있어야 했다.

경묵과 정혁 그리고 서은이 운영하는 푸드트럭만의 매력과 색깔, 즉 '아이덴티티'를 보유하느냐 하지 못하느냐가 어쩌면 승부의 갈림길이었다. '각성해놓고 누가 음식점을 해? 너나 실컷 해!'라고 생각하는 일반인의 시각에서는 쓸데없는 걱정이 될 수도 있었다.

그러나 어느 정도 경지에 오른 각성자들 중에서 만큼은 자신의 각성자 등급을 더 높이고자 고군분투하는 이들보다는 회의감을 느끼는 이들이 더 많은 편이었다.

그들은 현재의 단계에 오르기까지 많은 각성자들이 죽어가는 모습을 보았고, 죽은 이들의 대부분이 그들과 함께 생사의 고비를 함께 넘겼던 팀원이자 길드 원이자 동료였다.

가끔 자유/잡담게시판에는 각성이전의 생활을 그리워하는 뉘앙스를 풍기는 글들도 심심치 않게 올라오고 있는 판국에, 경묵도 안일하게 생각하고 있을 수만은 없었다.

장사꾼들을 이겨먹으려면 자신도 장사꾼이 되어야 했다.

경묵은 의자 등받이를 한껏 뒤로 젖히고는 기지개를 폈다.

등받이 끝에 목을 뉘인 채, 눈을 지그시 감고 있노라니 조금 뒤숭숭한 기분이 들었다. 무언가에 한참을 열중하다가도 중간마다 지난 수년의 시간을 보냈던 북경각이 떠올랐다.

짜장 볶는 냄새, 제면기가 돌아가는 소리, 그 곳 주방에 처음 발을 들이던 때의 들뜬 마음. 늦은 밤 주방에서 열심히 요리 실력을 갈고닦던 어린 날, 직접 볶은 짬뽕이 처음으로 손님 상 위에 나가던 날. 그리고 사장. 사장의 거짓된 호의가 경묵의 기억 이곳저곳에 얼룩처럼 남아있었다.

어쩌면 호의 자체는 거짓이 아니었는지도 모른다.

문제는 사람이 아니라 돈에 있었을 수도 있다.

그러나 이 이상으로 베풀 호의는 더이상 남아있지 않았다. 어쨌든 이제 경묵에게 있어서 북경각은 무의미한 장소가 되었고, 사장은 무의미한 사람이 되었다.

어차피 끝날 관계였다면 싼 값으로 사람 욕심에 대해 아주 잘 배운 셈 칠 수 있는 것이다. 경묵은 자신이 약간의 희생을 감수해서 모두가 행복할 수 있다면 그렇게 하려했다. 그러나 사장은 사리사욕 때문에 선의를 가득 담아 건넨 손을 뿌리쳤다. 경묵은 이번 일을 계기로 확실히 결단 내리기로 마음먹었다.

'다른 사람을 위한 희생은 이번으로 끝이야. 내가 행복할 수 없다면 누구를 위해서도 움직이지 않아.'

설령 누군가가 독선이라고 손가락질 하더라도 눈 하나 깜짝하지 않을 자신이 있었다.

이제 나의 목표는 무엇인가?

최고의 중국집을 만드는 것?

상상하는 것조차 과분하게 느껴지는 정도의 돈을 버는 것?

생각이 거의 끝에 다다를 쯤, 경묵의 미간에 자리 잡고 있던 주름이 사라지고 입가에 미소가 떠올랐다. 금세 도출해낸 결론임에도 불구하고 만족스러웠다.

최고의 중국집을 만들어 상상할 수 없을 만큼의 많은 돈을 벌어들이는 것. 그리고 가장 중요한 것은 나 자신의 행복이라고 단정 지었다.

북경각이 의미 없는 장소가 되었다면, 의미 있는 장소를 만들면 된다. 그게 머지않아서 자신이 세울 '북경각'이라고 확신했다.

다행히도 의미 있는 사람이라면 아직 충분히 많이 남아 있다. 아직 경묵의 옆에는 항상 곁을 지켜주시던, 그리고 이제는 옆자리를 지켜드리고 싶은 소중한 할머니와 믿고 의지할 수 있는 듬직한 선배 정혁.

그리고 아직 지켜볼 필요는 있지만 썩 나쁜 것 같지는 않은 사업파트너 서은이 남아있었다. 원동력이라면 그 사람들로도 충분했다.

마음을 다잡은 경묵은 다시 마우스를 손에 꽉 쥐고는 자신의 글에 달린 댓글과 받은 쪽지를 확인하기 시작했다.

가벼운 마음으로 콧노래를 흥얼거리며 마우스 스크롤을 조금씩 내리기 시작했다.

경묵의 글을 보고 연락을 취한 몇몇 길드는 이미 정보 공유 게시판에서 몇 번 이름을 보았던 길드였다.

순식간에 9개의 댓글과 10개가 넘는 쪽지가 와 있었다.

경묵은 하나씩 하나씩 천천히 모든 댓글과 쪽지를 읽어보기 시작했다.

그 중 마음에 드는 연락을 추려내기 시작했다.

XYV***** : 길드 '아트리온' 가입심사 팀입니다. 쪽지로 연락처 남겨드렸습니다.

G4B***** : 길드 '테르밀' 입니다. 버퍼님과 함께 하고 싶습니다. 쪽지 연락 드렸습니다.

CBR***** : 안녕하세요? 중급 라이센스 각성자 3명으로 구성된 팀 '알테온' 입니다. 쪽지 연락드렸습니다.

마음에 드는 연락 3개를 추려낸 경묵은 이들의 연락에 대해서만 답신을 보내기로 결정했다.

아트리온 길드와 테르밀 길드는 정보 공유 게시판에서 꾸준히 봐왔던 길드들 이었다. 스스로 꾸준히 이름을 봐왔던 길드라면 초급 각성자 상당수의 머릿속에 각인되어 있는 길드였고, 이들 길드가 제공하는 정보 글 아래로 달리는 댓글들의 대부분도 가입 희망자들이었다.

초급 각성자들을 꾸준히 받아들이고 있는 듯 보였고, 그 말인즉슨 초급 각성자들에 대한 성장 시스템이 제법 괜찮은 수준으로 갖추어져있을 것이라 예상했다. 또한 자신의 직업군을 감안해본다면 우대받을 수 있는 여지도 없지만은 않았다.

중급 라이센스 각성자 3명으로 이루어져 있다는 팀 '알테온' 같은 경우에는 단기적으로 보았을 때 부담 없이 거쳐 가는 단계로 삼기에는 제격이었다. 구성 인원이 워낙 적은 탓에 제대로 된 교육을 받을 수도 있을 것이며, 경묵을 제외한 모든 팀원이 경묵보다 훨씬 경험이 많다. 또한, 길드와 다르게 '팀' 즉 '파티'의 특성상 인원 교체가 **빠**르게, 또 자주 이루어진다는 점에서 가산점을 주었다.

경묵은 우선 쪽지에 적혀있는 연락처로 휴대폰메시지로 동일한 답신을 보냈다.

— —

안녕하세요? 각성자협회 공식 사이트로 주신 연락 확인 후 답신 올립니다.

부족한 제게 관심 가져주셔서 정말 감사합니다.

시간 나실 때 답신 주신다면 전화 연락을 드리도록 하겠습니다.

기다리고 있겠습니다.

— —

서은과의 만남을 계기로 각성자와 연락한다고 해서 무작정 부담을 갖지는 않게 된 것인지 조금 더 초연하게 행동할 수 있었다.

경묵이 습득한 자동지속 스킬 '평정심'도 한몫 해주는 듯 보였다.

소속이 있으면 당장이야 나쁠 것이 없다지만, 벌써 어디 한 군데에 소속되기에는 가지고 있는 정보가 적어도 너무 적었다. 어떤 기준이 있는 것은 아니지만 우선 가장 먼저 연락이 온 곳과 가장 우호적으로 이야기를 나눠 볼 생각이었다.

세 곳 중 어디에 소속되게 되더라도 그렇게 오랫동안 있을 생각은 추호도 없었다.

길어야 6개월?

모두의 머리 위에 서고 싶은 것은 아니지만 막연하게 긴 시간동안 누군가의 발치에 있고 싶지는 않다는 생각이 든 탓이었다.

'적어도 지금은 내가 갑의 입장이다.'

경묵은 팔꿈치를 책상 위에 괸 채로 양 손가락을 깍지를 끼고는 느긋하게 답장이 오기를 기다리며 콧노래를 부르기 시작했다.

우우우웅-

책상 위에 뒤집어둔 핸드폰에서 진동음이 울렸다. 경묵은 자신의 손을 책상위에 올려 진 핸드폰으로 옮기며 작게 소리 내어 말했다.

"자, 어디가 행운의 1등일까?"

영예의 1위, 경묵의 핸드폰을 가장 먼저 진동하게끔 한 주인공은 길드 '아트리온' 이었다.

경묵은 아트리온 길드의 담당자에게 전화를 걸며 내심 만족하고 있었다.

'아트리온 정도면 시작 지점으로 삼기에는 손색이 없지.'

신호가 몇 번 가기도 전에 굵직한 목소리의 사내가 전화를 받았다.

"여보세요?"

"예 여보세요?"

사실상 이런 통화가 익숙하지 않은 탓에 조금은 긴장을 했는지도 모르겠다. 경묵이 어떻게 대화를 풀어나가야 하는지에 대해 고민하고 있던 찰나에 수화기 너머의 남자가 먼저 물었다.

"혹시 버퍼님 되십니까?"

"아, 예 그렇습니다."

"연락 기다리고 있었습니다. 혹시 실례가 안 된다면 한번 만나 뵙고 이야기 할 수 있을까요?"

남자의 굵은 목소리는 극도로 친절한 말투와 전혀 매치가 되지 않아서 이질감이 들 정도였다. 경묵은 생각을 선회시키고는 곧장 밝은 목소리로 대답했다.

"물론입니다. 그럼 혹시 오늘 만나 뵐 수 있을까요?"

"네, 언제든 버퍼님께서 시간 되실 때에 저희 '아트리온' 길드 건물로 방문해주시면 됩니다."

"아, 건물이 따로 있군요. 알겠습니다. 오늘 중으로 방문 드리도록 하겠습니다."

"감사합니다. 기다리고 있겠습니다. 상세주소는 메시지로 보내드리도록 하겠습니다."

"네 알겠습니다."

짧은 통화가 끝이 나고, 얼마 지나지 않아 형식에 맞추어 작성된 듯 보이는 메시지가 도착했다.

경묵은 아마도 미리 작성된 메시지를 붙여 넣어서 일괄적으로 발송하는 것이라 짐작했다.

아트리온 길드 건물은 일전에 각성자 라이센스를 발급받았던 각성자 협회에서 5분도 채 걸리지 않는 거리였다. 건물 3층이 아트리온 길드 가입 심사 팀의 사무실이라고 했다.

경묵은 곧장 나갈 채비를 하기 시작했다.

전화를 끊은 지 얼마 되지 않아 테르밀과 알테온 측에서도 메시지가 도착했지만 한 번 읽어 내린 후 다시 핸드폰을 외투 주머니에 넣었다.

'죄송합니다만 조금 늦으셨어요.'

거울 앞에서 옷매무새를 가다듬고 방문을 열고 거실로 나선 경묵은 현관 앞에 주저앉아서 문이 열린 할머니의 방을 한 번 바라보았다.

신발을 구겨 신고, 집을 나선 경묵은 양 손을 외투 주머니에 숨기고 고개를 푹 숙인채로 곧장 버스정류장을 향해 걷기 시작했다.

집을 나선 후로 줄곧 긴장과 기대가 섞여 뒤숭숭한 기분이 들었다.

불과 보름 사이에 자신의 인생이 달라져있었다. 그리고 앞으로 얼마나 더 변화하게 될지도 짐작할 수 없는 노릇이었다.

경묵은 무어라 단정 짓기는 애매한 감정을 유지한 채 버스에 몸을 실었다.

얼마 지나지 않아 경묵이 아트리온 길드 건물 앞에 서서는 건물을 한 번 올려다보았다. 각성자 협회의 건물만은 못하다지만, 상당히 웅장한 건물이었다. 그래도 과연 이렇게 큰 건물이 필요한긴 한 것인가 싶은 의문이 드는 건 각성자 협회와 아트리온 길드 둘 다 마찬가지였다.

건물 입구에는 경찰복과 흡사한 항공 점퍼를 입은 젊은 남자 두 명이 서 있었고, 잠시 동안 경묵에게 의심의 눈초리를 두다가 금세 거두어 갔다.

후에 알게 된 사실이지만 외부인들의 출입이 잦은 탓에 각성자협회 만큼 엄중한 출입통제를 하고 있지는 않았고 주된 임무라고 해보아야 수다를 떠는 것이나 길드 임원들의 차량을 발렛 파킹 해주는 게 전부인 이들이었다.

건물의 입구에서 현관까지는 협소한 주차공간이 마련되어 있었고, 양 끝에는 지하주차장으로 들어가는 입구가 나 있었다.

주차장에는 각성 이전에는 꿈꾸는 것은 물론 실제로 몇 번 본적도 없는 고급 외제 차들이 이런 저런 자태로 위용을 뽐내며 주차되어 있었다. 놀라운 광경이었지만, 진풍경은 현관 안 건물 로비 안에서 기다리고 있었다.

천장이 생각보다 너무 높은 곳에 있어서 살펴보니 1층과 2층이 복층 구조로 뚫려 있었다. 한 층이지만 복층 형식으로 이루어진 건물은 고풍스러운 느낌을 물씬 풍기고 있었다.

고개를 젖히고 올려다본 천장에는 명화인 '최후의 만찬'이 그대로 복제되어 있었다. 입이 떡 벌어지는 수준이었다.

심지어 1층 인포메이션 데스크를 지나자, 이런 저런 음식점과 편의점이 즐비해 있었다.

길드 건물이라기보다 유동인구가 상당히 많은 역사 같은 분위기를 풍기기도 하였고, 번화가 내부에 들어서있는 거대상가 같은 분위기를 풍기기도 했다.

건물 1층을 개방해두고 임대를 내주는 형태로 어느 정도의 수익을 올리고 있음을 알 수 있었다. 아트리온 길드는 자신이 품었던 기대 이상의 규모를 자랑하고 있었다.

경묵은 목적지인 3층 가입심사 팀의 사무실로 걸음을 옮기기 시작했다.

엘리베이터는 총 8개로 길드원 전용 4개와 방문객 전용 4개가 서로 마주보고 있는 구조를 하고 있었다.

엘리베이터는 버튼스위치 대신 터치 방식으로 구동되는 듯 했다.

길드원 전용 엘리베이터는 카드를 갖다 대서 잠금을 해제하지 않으면 이용할 수 없었다.

그러니 방문객용 엘리베이터에 모든 방문객들이 몰려 있었고, 경묵은 비상계단을 이용해 3층으로 오르기 시작했다. 유동인구가 이렇게나 많은 것을 보면 1, 2층을 제외한 건물 내부에도 방문객, 외부 인을 위한 편의시설도 다수 마련되어 있는 듯 보였다.

3층에 도착한 경묵은 비상계단에서 문을 열고 내부로 들어왔다. 가입 심사 팀은 비상계단으로 통하는 문 바로 앞에 위치해 있었다.

경묵은 가입심사 팀의 문고리를 손에 쥐고는 고개를 좌우로 돌려 주변을 살폈다. 3층은 가입심사 팀의 사무실 몇 개 외에는 별 다른 기능을 가진 곳은 없었다. 대부분이 휴게실이나 샤워실 등의 직원 편의 시설들 이었다.

똑똑-

문고리를 돌리며 반대 손으로 형식적인 노크를 해보였다. 문이 다 열리기도 전에 지독한 담배냄새가 경묵의 코를 찔렀다.

문이 열렸을 때 경묵은 자신의 예상과 크게 상반되는 내부 모습에 적잖이 당황했다.

내부 중앙에는 협탁 하나와 척 보아도 가격이 상당할 것 같은 고급 가죽쇼파가 놓여 있었다. 협탁 위에 성의 없이 세워둔 난 화분도 제법 값어치가 나가보였다.

가입심사 '팀'이라는 이름에는 걸맞지 않게 개인 사무실인양 고급스럽게 생긴 갈색 원목책상하나가 방 끄트머리에 떡하니 놓여있었다. 원목 책상 위 한편에는 어떤 내용인지 짐작조차 할 수 없는 서류더미가 잔뜩 쌓여있었다.

컴퓨터 모니터와 담배꽁초가 수북하게 쌓여있는 종이컵 몇 개 그리고 고슴도치처럼 담배꽁초를 품고 있는 재떨이 한 개. 마지막으로 제법 고급스럽게 생긴 검은색 명패 한 개.

- 가입심사 1팀 최유훈-

얼핏 보아도 40대 중반은 되어 보이는 명패의 주인은 입에 담배를 문 채로 문을 열고 안으로 들어선 경묵을 쏘아보고 있었다.

경묵이 자신의 예상과 너무도 다른 그림에 적잖이 당황한 탓에 우물쭈물 대자 민머리의 사내가 경묵에게 시선을 두지 않은 채로 물었다.

"어쩐 일로…?"

존대와 하대가 섞여있지만 교묘하게 하대의 냄새가 짙은 민머리 사내 최유훈의 물음에 경묵의 미간이 살짝 좁혀졌다.

"아, 오늘 방문 드리기로 했었는데요."

"그렇습니까?"

민머리 사내 최유훈은 그제야 고슴도치 같은 재떨이에 담배를 비벼서 끄며 자리에서 일어났다. 최유훈은 마치 일부러 천천히 움직이는 건가 싶을 만큼 여유롭게 행동했다.

그는 흰색 와이셔츠에 단정한 검은색 조끼를 입고 있었고, 소매를 살짝 걷어 드러난 팔뚝에는 수많은 흉터, 그리고 단단함이 녹아있었다. 넓은 어깨에 키는 180cm는 족히 넘어보였고, 손은 크고 투박해 보였다. 최유훈은 자신의 탁상 앞에 놓인 수많은 서류들 중 하나를 열어 보고는 경묵을 바라보며 물었다.

"통화하신 담당자가 누군지 혹시 아십니까?"

"아니요, 전화번호는 알고 있습니다."

최유훈은 협탁 앞의 가죽쇼파를 손끝으로 가리키며 말했다.

"일단 앉으시죠."

경묵은 협탁 앞 쇼파에 앉아 사무실 안을 둘러보았다. 둘러보다보니 뭔가 이상했다 한 쪽 벽에 위치한 고풍스러운 느낌의 서재에는 소년만화들이 잔뜩 꽂혀있었고, 협탁 한편에는 커터 칼로 새겨 넣은 것처럼 보이는 야한 낙서들이 있었다. 최유훈은 종이 몇 장을 협탁 위에 내려놓고는 경묵의 맞은편에 앉으며 담배를 다시 하나 꺼내 물고는 불을 붙였다.

"우선, 담당자가 도착해야하니 천천히 가입신청 서류를 작성해 주시면 됩니다."

가입 신청 서류는 간단했다. 이름, 나이, 성별, 혈액형, 주소, 제1직업군, 자신의 각성자 레벨까지 총 6가지 사항만 기입하는 게 전부였다.

기입을 마치고나서 펜을 내려놓으니 최유훈이 곧장 가입서류를 집어 들고는 훑어보기 시작했다.

종이컵에 담배를 비벼 끄고는 침을 한 번 뱉은 후 비열한 미소를 지은 채 경묵을 바라보며 물었다.

"버퍼?"

경묵은 최유훈의 무례한 행동에 기분이 적잖이 상한 탓에 미간을 좁히고는 대답했다.

"예."

"그래? 내가 제일 싫어하는 족속들이군. 실속은 하나도 없는 벌레 같은 것들이 대접받는 것에 중독되어 있지."

"그렇습니까?"

"마음 같아서는 발도 못들이게 하고 싶지만, 이렇다 할

결격 사유가 없으니 어쩔 수 없지. 가입처리 된다고 해도 우리는 서로 마주칠 일 없으니 그걸로 위안 삼으면 될 거야."

경묵은 입가에 미소를 머금은 채 다리를 꼬며 말했다.

"저도 대머리는 싫어합니다."

등을 돌렸던 최유훈이 뒤돌아서서는 경묵을 노려보며 물었다.

"뭐라고 지껄였냐?"

"저도 마찬가지로 제 견해를 밝혔을 뿐입니다."

최유훈의 격양된 목소리에서 상황이 심상치 않게 돌아가고 있는 것을 느낄 수 있었지만 경묵은 굽히지 않고 오히려 최유훈을 더 노려보았다.

"다시 한 번 지껄여봐."

"대머리는 싫어한다고 했습니다."

두 사람의 시선이 허공에서 한참동안 맞닿았다.

최유훈은 한 숨을 한 번 내쉬고는, 다시 등을 돌리고 탁상 위에 자신의 서류를 올려두며 말했다.

"기회가 닿으면 네 놈 버릇을 꼭 고쳐주도록 하지."

"신경써주셔서 감사합니다."

최유훈은 모니터를 바라보며 무미건조한 목소리로 경묵에게 물었다.

"굳이 길드에 가입하려는 이유가 뭐지? 단체생활은 영

못할 것 같은데."

"던전에 가려고 합니다. 이런 저런 도움을 받고, 또 드릴 수 있는 도움이 있다면 드릴 생각입니다."

최유훈이 고개를 끄덕이며 말했다.

"그래, 보나마나 금 수저나 마찬가지인 직업군 덕분에 너보다 조금 더 높은 등급의 각성자들한테 빌붙을 수 있을 거고, 남들보다 손쉽게 등급을 올리겠지."

최유훈은 조롱 섞인 말투로 말을 이었다.

"그리고 어느 정도 등급에 올랐다? 그럼 눈에 훤해. 그때는 갑질 시작이지. 안 그래?"

경묵이 코웃음을 치며 말했다.

"헛다리를 조금 심하게 짚으셨습니다?"

최유훈이 날이 서있는 목소리로 경묵에게 되물었다.

"그럼 어떤 계획이 있는지 말해줄 수 있겠나?"

"최고 맛집."

최유훈이 키보드에서 손을 떼며 모니터에만 머무르던 시선을 거두고는 경묵에게 두었다.

"뭐라는 거야?"

"아무래도 맛 집을 만들려면 여러 가지 시도를 해봐야죠."

"무슨 헛소리를 하는 거야?"

경묵은 앉은 자리에서 다리를 꼬고는 말했다.

"던전에 질 좋은 식재료가 있다기에 궁금해서 한 번 가보려고 합니다. 보십시오, 그쪽도 수년 안에 제가 차릴 중국집 앞에 줄 서서 기다리고 계실 테니."

"뭐?"

최유훈이 일그러진 표정으로 경묵을 바라보며 되물었다. 경묵은 미소를 머금은 채 답했다.

"잘 안 들리십니까? 수년 안에 대한민국 최고 중국집을 세우는 것이 제 목표입니다."

최유훈은 웃음을 터트렸다.

"푸하하하하하하— 금 수저를 물고 태어나서 막노동을 하겠다 이거구만."

얼굴이 붉게 상기되고 눈가에 눈물이 맺히고 나서야 눈물을 훔쳐낸 그가 자리에서 일어나더니 경묵에게 물었다.

"자네, 커피 마시겠는가?"

"그러죠."

모니터 옆에 수화기를 들더니 밝은 목소리로 말을 이었다.

"어, 나야. 커피 2잔 부탁하네."

그리고는 육중한 몸을 이끌고 협탁 상석 쇼파에 다리를 꼬고 앉더니 경묵을 물끄러미 바라봤다.

경묵은 무표정한 얼굴로 그런 최유훈을 바라볼 뿐 아무런 말도 하지 않았다.

똑똑—

문이 열리자 단정한 차림의 젊은 여자가 쟁반 위에 커피 2잔을 든 채 사무실 안으로 들어섰다. 여자는 최유훈 앞에 하나, 경묵 앞에 하나의 커피를 내려놓고는 허리를 굽혀 인사를 해 보인 후 사무실 밖으로 나섰다.

최유훈은 자신 몫의 커피를 들어 올리며 말했다.

"자네도 들게나."

최유훈은 커피를 한 모금 들이키고는 천천히 맛을 음미하듯 고개를 끄덕였다.

경묵은 팔짱을 낀 채로 그런 최유훈을 바라봤다.

"기분 나빴다면 사과하겠네. 사실 이렇게 함께 앉아 커피를 마시는 건 내가 예상한 그림이 아니었지. 사실 자네가 문을 박차고 나가길 바랬거든."

경묵은 표정을 숨기지 못한 채로 최유훈을 바라보았다. 최유훈은 커피를 다시 협탁 위에 올려놓고는 담배하나를 입에 물고 다시 불을 붙이고는 말을 이었다.

"자네는 싫은 소리 들을 필요 없지 않나? 러브콜이라면 여기 말고도 여기저기서 왔을 게 분명한데 말이야. 앞서 말했듯이 나는 자네가 문을 박차고 나가길 바랬네."

경묵은 무미건조한 말투로 답했다.

"유감이군요."

"그래, 아주 유감이지. 자네로서는 더 유감인 사실이 하나 있지"

"뭡니까?"

최유훈이 이를 다 드러내 보이며 웃었다.

"난 이제 자네가 마음에 드는군."

경묵의 눈썹이 꿈틀대자 최유훈은 양 손으로 손사래를 치며 말했다.

"아니, 아니 오해는 하지 말게나. 남자랑 살 부비는 거에는 취미 없으니까. 이래 뵈도 가정이 있는 몸이라고. 다른 뜻이 아니야. 뭐 좀 물어봐도 되겠나?"

경묵은 두 팔을 벌리고 어깨를 들썩여 보이며 물었다.

"먼저 물어보고 질문하시는 타입은 아니신 것 같던데요?"

최유훈은 고개를 끄덕이며 담배 연기를 한 번 잔뜩 뱉어내고는 물었다.

"그래, 그럼 그냥 물어보도록 하지. 왜 자릴 박차고 나가지 않았나? 말대꾸를 따박따박 하는 걸 보면 원래 잘 참는 성격은 아니고……. 여기가 다른 곳보다 크게 대단한 길드도 아닐 뿐더러 뭔가 특별한 걸 얻을 수 있다고 생각하면 오산인데."

경묵은 대답대신 고개를 저어보이고는 생각에 잠긴 듯 눈에 초점을 놓았다.

"그럼? 왜 장황하게 자네 계획을 늘어놓은 건가? 아무 이유 없이 내 마음을 돌리고 싶었나? 아니면?"

"그냥, 무작정 피하기는 싫었을 뿐입니다."

최유훈은 한 쪽 손으로 자신의 턱을 쓸어내리며 물었다.

"피하기가 싫다?"

"네, 말 그대로입니다. 피하기 싫습니다. 만약 그냥 피했더라면 자려고 누웠을 때 분명 크게 후회했을 겁니다."

"후회? 어떤 후회 말인가?"

고개를 기웃해 보이며 묻는 최유훈의 입가에는 미소가 질 줄을 몰랐다.

"아까 나도 그 개자식한테 한 방 먹일 걸 하는 후회 말입니다."

말을 듣던 최유훈의 미간이 좁아졌다가, 이윽고 다시 호탕하게 웃음을 터트렸다.

"푸하하하하하!"

경묵은 한 번 웃어보이고는 다시 입을 뗐다.

"누가 단순히 제 국적만으로 저를 싫어하면 피할 생각은 없습니다. 그건 의미 없는 분쟁이 아니라고 생각하거든요. 물론 제가 지금 버퍼라는 직업군에 크게 소속감을 느끼는 것은 아니라지만, 잘 생각해 보십시오. 누가 국적을 이유로 당신에게 적개심을 드러내면 '똥이 더러워서 피하지' 하고 생각하실 수도 있겠습니다만……."

최유훈이 와이셔츠 소매를 걷으며 다음 말을 기다리듯 경묵을 바라보고 있었다.

"전 아닙니다. 그 사람의 기준은 못 바꾸더라도 곧바로 돌아설 생각은 없습니다. 그리고 지금처럼 그 사람의 기준이 바뀌었을 때 이렇게 말할 수도 있겠지요."

최유훈이 의아하다는 표정으로 물었다.

"어떻게 말인가?"

경묵은 입가에 미소를 한 번 지어보이고는 말했다.

"저는 이제 아트리온 길드에 가입할 생각이 없습니다."

최유훈의 표정이 잔뜩 구겨지자 경묵의 미소가 더욱 짙어졌다.

"더 하실 말씀 있으십니까?"

"아니, 잠깐 자네……."

그 때, 사무실의 문이 열리고 땀에 젖은 남자가 들어섰다. 땀에 잔뜩 젖은 머리는 엉망진창이고, 넥타이는 한참 옆으로 돌아가 있었다. 남자는 숨을 헐떡거리며 상황을 파악하듯 최유훈과 경묵을 번갈아 보고는 나지막이 말했다.

"내가 이럴 줄 알았지……."

남자는 경묵에게 다가서는 자신의 명함을 건넸다.

'아트리온 가입심사 2팀 팀장 이진우'

"오셨다는 이야기 듣고 부리나케 뛰어왔습니다만, 조금 늦은 것 같습니다. 제게 버퍼님의 마음을 돌릴 기회를 주실 수 있겠습니까?"

경묵은 고개를 저어 보이고는 말했다.

"그럴 필요 없으실 것 같은데요."

"부탁드립니다. 잠깐이라도 시간을 내 주실 수는 없으시겠습니까?"

남자가 고개를 숙이며 정중하게 부탁하자 경묵이 웃으며 말했다.

"시간이라면 얼마든 내어드릴 수 있지만, 마음을 돌리려 애쓰실 필요는 없으실 것 같습니다."

망연자실한 남자가 불안한 표정으로 이마에 맺힌 땀을 닦아내자 경묵이 다시 입을 뗐다.

"가입 서류 작성은 마쳐두었습니다. 가입의사도 충분하고요."

그제야 최유훈이 다시 한 번 웃음을 터트리며 자리에서 일어났다.

"푸하하하하하하, 제대로 한 방 먹었군."

최유훈은 경묵의 어깨를 가볍게 두드리고는 자신의 명함을 경묵에게 건네며 말했다.

"제대로 한 방 먹었어, 내가 졌네."

경묵이 명함을 받아들자 다시 말을 이었다.

"이래 뵈도 특수 등급 각성자에 1직업군은 버퍼다. 내게 제대로 사과할 기회를 주면 좋겠군. 그때는 내가 최대한 도움을 줄 수 있도록 노력해보도록 하지."

경묵은 입가에 웃음을 지으며 대답했다.

"괜찮습니다. 무례했던 것은 저도 마찬가지니까요."

"고맙네."

최유훈은 몸을 돌려 남자에게 말했다.

"이런 거물을 데려오다니 아주 크게 한건했군. 자네가 나보다 먼저 승진할 수도 있겠어."

최유훈은 문을 열고나서며 손으로 밖을 가리키며 경묵에게 물었다.

"밥이라도 먹으며 이야기 하는 건 어떤가?"

"사주시는 겁니까?"

"그러지 뭐."

경묵이 고개를 끄덕이며 최유훈을 따라 사무실 밖으로 나섰다. 늦게 들어온 남자는 그제야 안도의 한숨을 쉬며 최유훈과 경묵을 따라 밖으로 나섰다. 세 사람은 그길로 1층에 입점해있는 식당 중 한 곳으로 들어섰다. 자리에 앉은 후 주문을 마치고 최유훈이 자신의 컵에 물을 따르며 말했다.

"여기가 그나마 제일 먹을 만하지. 어딜 가든 하나같이 엉망이라니까? 아까 일은 정말 미안하네. 정중히 사과하도록 하지."

이진우가 최유훈에게 짜증 섞인 목소리로 물었다.

"아니, 또 무슨 말씀을 하셔서 내치려 하신 겁니까?"

"자네야 뻔히 알지 않는가?"

이진우가 한숨을 내쉰 후에 경묵에게 정중히 말했다.

"죄송합니다, 버퍼님."

"아닙니다, 전 괜찮습니다."

식사 중에는 간단한 규칙이나 직급체계에 대한 이야기를 들었다.

이진우는 이 또한 추후에 제대로된 교육일정이 있을것이란 말도 덧붙였다.

듣기로 가입처리는 보통 일주일정도가 걸린다고 했다.

식사를 마치고 최유훈이 자리에서 먼저 일어나며 말했다.

"계산 마치고 먼저 올라가도록 하지. 아까 일은 내가 다시 한 번 사과하겠네. 내가 분명 자네에게 도움이 될 수 있을 것 같으니 꼭 연락 주었으면 좋겠군."

"알겠습니다."

최유훈이 먼저 가게 밖으로 나서자 이진우가 말했다.

"죄송합니다. 이번 달에도 벌써 다른 버퍼 한분이 걸음하셨다가 최 팀장님 때문에 집으로 돌아가셨습니다."

"그런데 왜 가입심사 팀에 두는 겁니까?"

이진우가 멋쩍은 웃음을 지으며 대답했다.

"저희 같은 중급 상급 각성자들이라면 모르지만, 최 팀장님 같은 특수 등급 길드원들에게 가입심사 팀은 유배지나 다름이 없습니다. 한 마디로 좌천되신 분이시죠."

"그런데 본인도 버퍼인 와중에 왜 그렇게 버퍼를 싫어하는 겁니까?"

"아들을 잃었거든요."

예상외의 답변에 크게 놀란 경묵이 이진우에게 되물었다.

"예?"

"최 팀장님 말입니다. 길드 내에 있던 버퍼 때문에 아들을 잃었었거든요. 지금의 좌천도 그 버퍼 때문이고요."

경묵이 말을 잇지 못하자 이진우가 조심스럽게 말을 이어나갔다.

"그 버퍼를 불구로 만들었지 뭡니까? 각성자 수감소에 있다가 나오신 지도 얼마 안 되셨습니다."

"그런데 처분이 조금 많이 약한 것 같습니다. 어째서 겨우 좌천에서 끝난 겁니까?"

"그래도 저희 아트리온 길드를 처음 세웠던 5명 중 한 사람이었으니까요. 아마 이 이야기는 최 팀장님께서 조만간 직접 해주실 것 같습니다."

경묵은 고개를 끄덕이며 최유훈의 명함을 만지작거렸다.

생각에 잠긴 경묵을 한참동안 바라보던 이진우가 밝은 목소리로 다시 입을 뗐다.

"아, 아까 던전 이야기가 나와서 드리는 말씀인데 주중으로 초급 각성자 레이드가 계획에 있다고 들었습니다."

"그렇습니까?"

"예, 생각이 있으시다면 말씀만 해 주시면……."

경묵이 이진우의 말을 가로채고는 말했다.

"예, 있습니다. 내일 당장이라도."

이진우는 경묵의 단호한 목소리에 살짝 놀란 듯 바라보았다. 이윽고 살짝 풀러두었던 넥타이를 조이며 침을 한번 삼키고는 사무적인 말투로 대답했다.

"아, 그럼 우선 각성자 안전교육 수료증을 발급 받으셔야 합니다."

각성자 안전교육 수료증. 각성자 라이센스와 더불어 던전 탐험에 꼭 필요한 요소 중 하나이다. 6시간의 교육을 이수하면 그 자리에서 발급되는 라이센스로서 필수 준비물 중 하나이다.

교육내용은 간단하다. 위기상황에 대한 대처, 생존을 위한 지침들, 그리고 쉽사리 발견하지 못하는 위험요소등.

"언제까지 구비해두어야 합니까?"

"이번 토요일 안으로만 마련을 해두시면 됩니다. 1차 일정은 토요일이거든요."

이진우는 교육장소와 교육일정에 대해서 상세히 설명해 주었다. 교육은 길드 내에서도 이루어지고 있었고, 발급까지 완벽하게 이루어지고 있었다. 신규 교육자가 점점 줄어드는 추세인 터라, 길드 밖에서 발급을 받으려면 최소 보름 이상의 시간을 기다려야했다. 이진우는 바로 내일, 교육을 받을 수 있는 환경을 조성해 주겠다는 약속을 했다.

경묵이 난데없이 '아!' 하고 소리를 낸 후 물었다.

"그런데 부탁드리고 싶은 사항이 하나 있는데요."

"네, 말씀하시죠."

"다름이 아니라, 맛있는 몬스터가 있는 던전에 가고 싶습니다."

이진우가 당황한 듯 되물었다.

"에…. 예?"

"말 그대로입니다. 맛있는 몬스터가 있는 던전 말이에요."

이진우는 잠깐 고민하는듯 하다가 이내 밝은 목소리로 대답했다.

"아, 문제없습니다. 이번에 초급 각성자들이 레이드 예정인 던전에 제법 맛이 좋은 몬스터가 하나 있거든요."

"그럼 됐습니다."

경묵은 그제야 흡족한 미소를 지어보였고, 이진우는 의자에 걸려있던 자신의 외투를 집어 들며 말했다.

"그럼 이제 간단하게 계약서 작성을 하러 올라가 보시겠습니까?"

경묵은 미소를 머금은 채 고개를 끄덕이고는 자리에서 일어났다.

3층 최유훈의 사무실에서 조금 떨어진 방에 가입심사 2팀의 사무실이 있었다.

이진우는 준비되어있던 계약서를 경묵에게 주었고, 경묵은 재빠르게 작성을 시작했다.

"경묵씨가 눈 여겨 봐야할 곳은 앞장의 규정사항 뿐이네요, 수익배분에 관해서는 추후 재협상이 있을 예정입니다. 아, 그리고 맨 뒷장도 꼼꼼히 작성해주셔야 합니다. 사실상 형식적인 계약서니 크게 신경은 안 쓰셔도 될 겁니다."

경묵은 꼼꼼히 읽어보았으나, 문제가 될 만한 사항은 찾지 못했다. 중앙 수익배분에 관한 내용에 있어서는 경묵에게 해당사항이 없었고 확인을 마친 경묵의 펜이 일사분란하게 움직여 계약서의 빈칸을 채워나가고 있었다.

맨 마지막 장에서 잠시 경묵의 펜이 멈추었다. 맨 뒷장에는 가입 추천인란과 희망 사수란이 있었다. 다시금 펜을 움직인 경묵은 가입 추천인란에 이진우의 이름을 적었고, 희망 사수란을 한참 동안 비워두던 경묵은 펜 끝을 잠시 물어뜯다가 다시 망설임 없이 적어내렸다.

이진우는 경묵의 서류를 받아들어 한 번 훑어보았다. 맨 뒷장을 확인하던 이진우의 표정에 잠시 미동이 일었다.

"아, 예. 문제없습니다. 완벽하게 작성하셨네요."

웃으며 경묵이 작성한 서류를 자신의 탁상 위에 올려두고는 만족한 표정을 지어보였다. 이진우는 경묵과 간단한 인사를 나눈 후 오늘 저녁에 다시 연락을 주겠다는 약속을 한 후에 경묵을 돌려보냈다.

경묵이 사무실 밖으로 나선 후 이진우는 다시 경묵이 작성한 계약서 맨 뒷장을 읽어보았다.

이진우는 생각에 잠긴 채 서류를 한참동안 바라보다가 이윽고 화이트로 추천인란에 적힌 자신의 이름을 지우고는 최유훈의 이름을 적었다. 그리고는 곧장 서류를 챙겨서 가입심사 1팀 사무실로 향했다.

똑똑-

이진우가 문을 열고 들어섰을 때, 사무실 안은 담배연기로 자욱했다. 최유훈이 다루는 것이 서툰탓에 평소 잘 만지지 않던 자신의 스마트폰을 매만지고 있었다.

"최 팀장님."

"응?"

이진우는 최유훈의 탁상 위에 경묵이 작성한 서류를 올려두고는 뒷짐을 지고서서 윙크를 한 번 해보이고는 협탁 앞 쇼파에 앉았다.

"이게 뭐냐?"

"한 번 읽어보세요."

이진우도 자신의 외투 안주머니에서 담배 한 까치를 꺼내서는 입에 물고 불을 붙였다.

최유훈은 이진우가 자신의 탁상위에 올려둔 서류를 집어들며 물었다.

"야, 너는 왜 네 사무실에서는 안피는 담배를 흡연실 내버려두고 여기까지 와서 피냐?"

그렇게 묻는 최유훈은 불만 가득한 표정으로 미간을 잔뜩 좁히고 있었다. 이진우는 아랑곳하지 않고 담배연기를 허공에 뱉은 후 대답했다.

"화장실이나 사무실이나 마찬가지죠."

"무슨 헛소리를 하는 거야?"

이진우는 아랫입술을 살짝 내민 채로 담뱃재를 재떨이에 한 번 털고는 최유훈을 바라보며 말했다.

"아니, 최 팀장님. 담배꽁초 하나 안 떨어져있는 화장실에서 담배에 불을 붙이려고 하면 괜한 죄의식이 들지 않습니까? 여길 보세요. 완전히 흡연실에 버금가는 아늑한 흡연공간 아니겠습니까?"

"말이라도 못하면 얄밉기라도 않지."

"서류 뒷장이나 한 번 훑어보세요."

이진우의 말에 무미건조한 표정으로 서류 뒷장을 보던 최유훈의 입가에 미소가 떠올랐다.

추천인: 최유훈

희망사수 : 최유훈

"푸하하하하하하"

최유훈이 한참동안 호탕하게 웃어대다가 물었다.

"이게 뭐야? 네가 바꾼 거냐?"

"추천인란은 제가 수정했어요."

"그럼 희망사수는?"

"물론 경묵씨가 직접 작성하셨죠."

골똘히 생각하던 최유훈이 고개를 갸웃거리며 물었다.

"참 종잡을 수가 없는 녀석이네."

"그러니까요. 팀장님 구박 받고 집에 안 간 것만 해도 신기한데 말이에요."

"그러게 말이다. 점점 욕심이 생기네."

이진우가 협탁 위에 놓은 고슴도치가 되어버린 재떨이에 자신의 담뱃불을 비벼 끄고는 최유훈을 바라보며 물었다.

"어떤 욕심 말입니까?"

"어떤 욕심이긴, 저 녀석을 최고로 만들어 보고 싶은 욕심 말이다."

이진우는 최유훈의 넓은 등을 바라보며 쓴 웃음을 지었다.

최 팀장이 아들의 죽음 이후로 언제 한 번 이렇게 밝게 웃은 적이 있던가? 그렇게 노력했건만 기껏해야 영혼 없는 웃음을 수면 위로 끌어내는 게 전부였다. 밝은 최유훈의 모습을 바라보며 시원섭섭한 마음이 들어 괜히 기지개를 폈다.

최유훈은 자신의 의자에서 일어나서는 등을 돌리고 창을 짚고 서서 밖을 내다보며 말을 이었다.

"그래도 반 백 살 아니겠냐? 눈을 보면 알아. 될 놈인지 아닌 놈인지는 얼추 알 수 있다 이거야. 그놈 그거 독한 놈이다."

그리고는 자신에게만 들리게끔 나지막이 중얼거렸다.

"제대로 키워봐야지."

최유훈은 다시 뒤돌아서는 사무실 문을 향해 성큼성큼 걷기 시작했다. 앉아있던 이진우가 급하게 일어나며 물었다.

"팀장님, 어디 가십니까?"

"우리 대장 만나러 간다."

"대장은 왜요?"

최유훈은 인상을 쓴 채 이진우를 한참 바라보다가 이내 활짝 웃어 보이며 이진우에게 소리쳤다.

"할 일도 생겼겠다, 이제 지긋지긋한 유배 생활 좀 끝내 달라고 하게!"

"아, 최 팀장님! 아니, 사수! 같이 좀 갑시다. 이참에 제

승진도 좀 건의 해줘요."

이진우는 웃음기 가득한 얼굴로 고개를 내저으며 최유
훈을 따라 사무실 밖으로 나섰다.

❀

다음날, 경묵은 아트리온 길드로 다시 발걸음을 해야
했다. 안전교육수료증이 그 이유였는데, 교육은 길드 건
물 8층에서 이루어졌다. 신규 각성자가 많지 않은 만큼,
교육 횟수와 교육자들은 줄어드는 추세였고 아트리온 정
도 규모의 길드들은 길드 내에 다수의 교육자를 두고 있
었다. 일정 인원이 모여야 교육을 진행하는 형태였기에,
길드 측에서는 교육자를 둠으로서 그런 기다림의 수고를
덜어 주었다. 경묵 역시 이진우의 도움으로 바로 다음 날
교육을 받을 수 있었다.

교육시간보다 한참 이른 시간에 도착한 경묵이 3층에
먼저 들렀다.

똑똑―

경묵이 최유훈의 집무실의 문을 두드려 보았지만, 문이
잠긴 상태로 아무도 없는 듯 보였다. 그 때, 복도에서 경
묵을 발견한 이진우가 성큼성큼 다가오며 경묵을 불렀다.

"경묵씨."

"아, 네."

자신의 손목시계에 시선을 두었다가 거둔 이진우가 친근한 목소리로 물었다.

"교육 시간 전에 최 팀장님 만나 뵈러 오신 거예요?"

"아, 예. 혹시 계신가 해서요."

이진우는 고개를 저으며 답했다.

"아, 최 팀장님은 아마 이제 여기 안 계실 거 예요."

"그럼요? 좌천중이라면서요?"

이진우는 대답대신 따라오라는 손짓을 해 보이며 말했다.

"아직 교육시간 한참 남으셨는데, 그 사이에 특별히 하실 일 혹시 있으세요?"

"아니요, 특별히 없습니다."

"그럼 잠깐 와보시겠어요?"

경묵이 이진우를 따라 이진우의 사무실 안으로 들어섰을 때, 서류사이에 끼워져 있던 종이를 빼내 경묵에게 건네며 말했다.

"한 번 읽어보세요."

——————————————————————

-초급 1팀-

김 성하 (리더)

성별 : 남성

나이 : 24

등급 : 초급 각성자 lv-8

제 1직업군 : 방패잡이

이 우

성별 : 남성

나이 : 28

등급 : 초급 각성자 lv- 5

제 1직업군 : 창잡이

이 지원

성별 : 여성

나이 : 26

등급 : 초급 각성자 lv-7

제 1직업군 : 사냥꾼

김 배균

성별 : 남성

나이 : 24

등급 : 초급 각성자 lv-9

제 1직업군 : 검투사

임 경묵

성별 : 남성

나이 : 21

등급 : 초급 각성자 lv-1

제1직업군 : 버퍼

받아 든 종이를 위에서부터 아래로 한 번 훑은 경묵이
놀란 듯 물었다.

"와, 이렇게 속전속결 되는 일인 줄은 몰랐는데요."

"원래 그냥 위에서 드리려고 했는데, 만난 김에 지금 드
리는 게 나을 것 같아서요."

경묵은 받아든 종이를 다시 한 번 위에서부터 아래로
훑어 내렸다. 배정받은 팀원들은 보통이 경묵과 비슷한
또래였고, 물론 경묵이 그중 가장 어렸다. 또한, 경묵을
제외한 모든 팀원들은 이미 수차례의 레이드 경험이 있
는 듯 보였다. 다른 각성자들의 직업군은 다소 생소했
다.

이진우는 자신의 탁상 한켠에 걸터앉으며 말했다.

"경묵씨가 배치 받은 초급1팀은 모의 전투 훈련을 거친
후에 던전으로 투입될 예정이에요."

모의 전투 훈련이란 던전에 발을 들이기전에 우선적으
로 받는 훈련이다. 꼭 거쳐야만 하는 훈련은 아니었지만,

규모가 제법 있는 길드들이라면 꾸준히 시행하고 있는 전투 훈련이었다.

모의 전투 훈련은 길드 건물 내에 마련된 훈련 시설에서 체계적으로 이루어지고 있었다.

길드 건물 지하에는 초급 각성자들을 위한 최하급 인공 던전이 구성 되어있었고, 인공적으로 만든 본 시설은 실제 던전과 몹시 흡사했으나, 경험치는 올릴 수 없었다. 실제 던전에서 포획한 몬스터들을 길드의 인공던전에 풀어놓은 후, 양육 및 교배를 통해 초급 각성자들에게 제공함으로서 실제로 던전을 체험해 볼 수 있는 기회를 제공하기 위함이 목적이었다.

이진우는 자신의 안경을 벗어 들고는 안경닦이로 알을 닦으며 말을 이었다.

"아마 초급1팀 감독은 최 팀장님이 맡아주실 겁니다. 경묵씨를 꽤 마음에 들어 하시는 것 같던데요?"

경묵이 활짝 웃으며 받아든 종이를 잘 접어서 자신의 외투 안주머니에 넣고는 무덤덤하게 대답했다.

"그렇군요."

"모의 전투훈련은 1박2일로 진행될 예정이니까, 내일 저녁 5시까지 간단한 여벌옷만 챙겨서 길드 건물로 오시면 됩니다. 교육은 지루해도 집중해서 들어두시는 게 좋아요."

이진우가 경묵을 지나쳐서는 자신의 사무실문을 열며
말했다.

"그럼 내일 저녁에 5시까지 이리로 오세요. 제가 안내
해드리도록 할게요."

"알겠습니다."

경묵이 사무실 밖으로 나서자 이진우가 따라 나섰다.

"강의 시작까지 시간이 제법 남았는데, 어떻게 위에 올
라가서 커피라도 한 잔 하시겠습니까?"

경묵과 이진우는 8층에 올라와 자판기 커피를 마시며
이런저런 이야기를 한참동안 나눴다. 자신이 처음 각성했
을 때 기분이 어땠는지, 처음 던전에 갔을 때는 어땠는지
등의 사소한 이야기가 주를 이루었다. 한참 이야기가 오
고가던 중 이진우가 자신의 시계를 힐끗 보고는 말했다.

"슬슬 들어가셔야겠어요."

"이, 예. 함께 기다려주셔서 감사합니다. 재미있었어요."

"아니에요, 저도 같이 시간 때우고 좋죠 뭐."

시간을 때운다는 말에 경묵이 살짝 의아해했지만, 그냥
업무량이 생각보다 많이 적은가보다 생각하고 넘겼다.

경묵이 강의실에 들어섰을 때 강의실 안에는 단 한명의
수강자도 없었다. 핸드폰을 만지고 남은 시간을 때우고
있을 때, 강의실 문이 다시 열리고 놀랍게도 이진우가 들
어서며 말했다.

"자 여러분, 정숙해주세요."

경묵이 의아해하자, 진우는 웃으며 말했다.

"원래 1:1로 강의가 이루어지는 경우도 종종 있어요. 보통 5명 정도는 되어야 교육을 시작하는데 말이 5명이지 그 정도 인원이 모이려면 한참 걸리거든요."

이진우의 말대로, 각성자 정보 공유 게시판에 후기를 남긴 수많은 각성자들의 말대로 안전교육은 상당히 지루하고 지루했다. 가끔 예측 못했던 사례를 들며 이런저런 설명을 해주기도 했다. 사고를 당한 각성자가 어떤 점에서 부주의했었고, 어떤 사고가 일어났었는지 알려 주는 것이 대부분이었다. 각성했다는 이유로 고무되어 부주의한 각성자들에게 경각심을 다시 심어주는 것이 의도인 만큼 딱딱하고, 재미없을 수밖에 없었다. 교육은 6시간이라고 기재되어 있었지만, 실제로는 더 금방 끝났다. 이진우는 금방 발급완료 된 경묵의 '각성자 안전교육 수료증'을 경묵에게 건네며 말했다.

"안전교육 수료증에 각성자 라이센스까지 들고 다니시려면 불편하니까, 다음에 중급 라이센스를 발급 받으실 때 함께 들고 가셔서 함께 기재해달라고 하면 그쪽에서 합쳐 줄 거에요."

"감사합니다. 수고하셨어요."

"아닙니다. 경묵씨가 듣느라 수고 많으셨어요. 아 맞다."

이진우가 자신의 인벤토리에서 검은 상자를 꺼내어 경묵에게 주며 말했다.

"길드가입 지급품이에요. 원래는 초심자 무구보다 조금 좋은 옵션의 아이템들을 몇 개 넣어 주는 게 정석이긴 한데……."

상자를 열어 내용물을 확인하던 경묵이 스킬 북 몇 권을 발견했을 때, 이진우가 말을 이었다.

"최 팀장님이 조금 신경 쓰시는 것 같더라고요."

이진우의 말을 들은 경묵이 상자 안에 가지런히 담긴 스킬 북들 위에 손바닥을 가져다 대자 경묵의 눈 앞에 상태 창들이 나타나기 시작했다.

[버프 마스터리] 스킬을 익히시겠습니까?

[축복 -초급] 스킬을 익히시겠습니까?

[증폭(공격) -초급] 스킬을 익히시겠습니까?

[증폭(마법) -초급] 스킬을 익히시겠습니까?

경묵은 침을 한 번 삼키고는, 하나하나 스킬 북의 효과를 확인하기 시작했다.

————————————————

[버프 마스터리]

설명 : 모든 버프 마법의 능력치 혹은 지속시간을 향상시켜줍니다.

등급 : 특수

가격 : 2500GEM

어쩌면 가장 기본이겠지만 가장 핵심적인 스킬이라 할
수 있었다. 그 상승폭이 어느 정도 인지는 모르지만 광범
위하게 모든 버프 마법의 향상치를 보정해주고, 지속 시
간을 향상시켜 준다니. 설명만 들어도 말 그대로 대박인
스킬이었다.

[축복-초급]

설명 : 아군이나 자신의 회복력(HP,MP) 및 원소 저항
력을 일시적으로 상승시켜 줍니다.

등급 : 일반

가격 : 200GEM

아마 가장 하위에 있는 기본 축복 마법인 듯 했다. 원소
저항력과 회복력은 낮은 상승 수치로는 크게 효과를 볼 수
없으니 당장 기대를 걸만한 기술은 아니었지만 충분히 숙
련도를 높이고 상위 스킬을 익힌다면 기대를 걸어볼만한
기술이었다. 다만 MP가 부족한 상태인 경묵에게 미약하
게나마 분명 도움이 될 수 있는 여지를 갖춘 스킬이었다.

[증폭(공격) −초급]

설명 : 아군이나 자신의 물리공격력을 일시적으로 상승
시켜 줍니다.

등급 : 일반

가격 : 200GEM

[증폭(마법) −초급]

설명 : 아군이나 자신의 마력을 일시적으로 상승시켜
줍니다.

등급 : 일반

가격 : 200GEM

마지막으로 증폭 마법.

'물리 공격력, 마력을 상승시켜 준다.'

결국 버프의 궁극적인 목적이란 전투 능력을 향상시켜
주는 것이 아니던가? 상승폭이 그렇게 높지 않은 지금은
물론이거니와 후에도 크게 쓸모 있는 스킬임이 분명했다.
더군다나 마력 상승의 경우 먼저 시전 후, 다른 기술들을
사용한다면 더 높은 상승치를 보일 수도 있으니 꼭 필요
한 스킬이 아닐 수 없었다.

경묵은 스킬들의 효과에 심하게 놀란 듯 나지막이 말했
다.

"와⋯⋯."

경묵은 스킬 북들을 하나씩 습득하기 시작했다.

'습득!'

[버프 마스터리 스킬을 습득 하였습니다.]

[축복-초급 스킬을 습득 하였습니다.]

[증폭(공격) -초급 스킬을 습득 하였습니다.]

[증폭(마법) -초급 스킬을 습득 하였습니다.]

무언가 머릿속을 헤집고 다니는듯한 기분이 한참동안 감돌다가 사라졌다. 처음엔 찌릿찌릿한 기분이 들다가 순식간에 머리가 깨질 듯 한 두통이 몰려왔다.

경묵의 손에 들려있던 스킬 북이 한 번에 사라지는 것을 본 이진우가 당황한 듯 물었다.

"경묵씨, 설마 한 번에 다 습득한 거에요?"

경묵은 간신히 고개를 끄덕여 보이고는 자신의 머리를 양 손으로 꽉 쥐었다. 이진우는 그런 경묵을 바라보며 혀를 내둘렀다.

"실제로 그렇게 무리해서 스킬 북을 습득하다가 생명을 잃은 사람들도 있는 건 알고 있죠?"

"정말 그럴 수도 있겠다 싶네요."

이진우는 경묵의 한쪽 어깨에 손을 얹은 채로 말했다.

"경묵씨, 우선 일전에 있었던 일은 마음에 담아두시지 않으셨으면 해요. 최 팀장님이 액면으로만 보면 엄청 사납고 드센 사람이어도 속은 아니거든요."

경묵은 고개를 끄덕이며 말했다.

"괜찮아요, 별로 신경 안 쓰고 있어요."

이진우는 한 번 활짝 웃어보이고는 특유의 사무적인 목소리로 말했다.

"우선 내일 저녁5시까지 길드건물 3층 가입심사 2팀, 제 사무실로 와주시면 됩니다. 그럼 집결장소까지 제가 직접 인솔해드리도록 하겠습니다."

경묵이 고개를 끄덕이고 웃음기 가득한 표정으로 답했다.

"항상 감사합니다."

"아닙니다. 저는 우선 또 일이 있어서 먼저 가보겠습니다."

"알겠습니다, 내일 뵙겠습니다."

경묵이 고개를 숙여보이자 이진우도 한 번 묵례를 해보였다. 그리고는 엘리베이터를 향해 성큼성큼 걸음을 내딛었다.

경묵은 그렇게 멀어지는 이진우의 뒷모습을 한참동안 바라보다가 아직 상자에 남아있는 아이템들이 생각났다. 원래는 아이템을 주면서 스킬 북을 얹어준 셈인데, 스킬 북 때문에 까마득히 잊고 있었다.

경묵은 상자 안에 있던 아이템들을 꺼내서 모두 확인해

보았다.

　[아트리옴므 수제 초급 티셔츠] 1벌.

　[아트리옴므 마법계열 반지] 2개.

　[아트리옴므 마법계열 목걸이] 1개.

　[아트리옴므 나무 완드] 1개.

　'아트리옴므…….'

경묵은 핸드폰을 꺼내 아트리옴므에 대해 검색해 보았
다.

아트리온 길드 내에서 설립한 브랜드 '아트리옴므'는
각종 의류부터 시작해서 무기와 방어구를 만들고 있는 브
랜드였다. 아직은 길드내의 보급품을 담당하고, 극소량을
외부에 판매하고 있는 듯 보였다. 성능이야 옵션을 한 번
봐야 알겠지만, 디자인만큼은 정말 마음에 들지 않았다.

막상 별다른 기대 없이 옵션을 확인한 경묵의 얼굴에
당황한 기색이 역력히 떠올랐다.

"뭐야…. 제법이잖아?"

────────────────────────

[아트리옴므 수제 초급 티셔츠]

등급 : 일반

설명 : 아트리옴므 2015 수제 초급 티셔츠.

방어력 : +20

HP : + 50

MP : + 100

추가옵션 : 여름엔 시원하고 겨울엔 따뜻하다.

[현재 : 초심자의 면티]

[비교 : 방어+10/HP+20/MP+50]

경묵은 곧장 초심자의 티셔츠를 벗어서 인벤토리에 넣고는 아트리옴므 티셔츠를 착용했다.

반지도, 목걸이도 마음에 들지 않는 옵션이 하나 없었다.

[아트리옴므 마법계열 반지]

등급 : 일반

설명 : 아트리옴므 마법계열 직업군 전용 반지 (18K)

마력 : +5

지력 : +2

지혜 : +2

[현재 : 초심자의 반지]

[비교 : 공격력:-3/마력:+2/지력:+2/지혜:+2]

'쯧, 공격력 옵션이 하나도 없구나.'

하지만 잘 생각해보면 그렇게 손해 보는 장사는 아니었다. 힘이 아무리 높고 공격력이 높게 집계가 된다고 해도 아직 옵션을 확인해보지는 않았지만, 저 부실해 보이는 나무 완드로 누구를 때려눕히기엔 조금 벅차보였다. 마력을 높이고 마법화살의 데미지를 높이는 것이 더 현명할지도 모르는 것이고, 마력 상승은 곧 버프 능력의 상승이 아니던가? 제법 많은 이득을 볼 수 있는 옵션이니 만족하기로 했다.

[아트리옴므 마법계열 목걸이]

등급 : 일반

설명 : 아트리옴므 2015 마법계열 목걸이

마력 : +6

추가옵션 : MP회복량 초당 3.0 상승

[현재 : 초심자의 목걸이]

[비교 : 공격력: -3/ 마력: +3/ 조리: -3]

마법계열이라는 이름이 붙어서인지 목걸이에도 공격력 옵션이 사라지는 대신 조금 더 높은 마력이 들어가 있었다. 경묵은 초심자의 반지와 목걸이를 모두 아트리옴므 아이템으로 갈아 끼웠다. 초심자의 무구는 모두 인벤토리에 넣은 후, 마지막 남은 [아트리옴므 나무 완드] 의 옵션을 확인했다.

[아트리옴므 나무 완드]

등급 : 일반

설명 : 아트리옴므 2015 나무 완드 (특별판)

마력 : +8

공격력: +1

추가옵션 : 주의! 물리공격 시 내구도 손상이 심함.

[현재 : +2 중급 대장장이의 중화칼]

[비교 : 공격력: −21/마력: +8]

――――――――――――――――――――――

경묵의 입가에 미소가 떠올랐다.

'어쩐지 저 나무막대로 누굴 때려눕히기엔 영 부실하다
했지.'

경묵은 우선 아트리옴므 아이템을 모두 착용한 후, 자
신의 상태 창을 확인해 보았다.

――――――――――――――――――――――

이름 : 임경묵

레벨 : 1 (EXP:0.0%)

칭호 : 초급 강화사 (HP+5)

독서광 (지력 +3 지혜 +3)

공격력 : +1 (+1)

마력 : +24 (+24)

HP : 105 (+55)

MP : 150 (+100)

근력 : 11

지력 : 17 (+7)

민첩 : 12

지혜 : 15 (+7)

특수 능력치

조리 : 15

이제 상태 창이 제법 마법계열 직업군다운 모양을 하고 있었다.

'이정도면 완전 나쁘지는 않은 편인 것 같은데?'

초심자의 목걸이로 보정 받고 있던 조리능력치가 떨어진 것은 조금 아쉬웠지만 어쩔 수 없는 일이었다. 최종적으로는 조리용 장비와, 레이드 전용 장비를 따로 두면 되는 일이었다. 내친김에 스킬까지 확인해 보려다가 창밖으로 보이는 도심의 야경 탓에 우선 집으로 돌아가려 마음먹었다.

경묵은 돌아가는 길, 또 버스를 기다리면서도, 버스에 앉아서도, 그리고 내려서 집에 도착하는 내내 자신의 스킬 창을 뚫어져라 보고 있었다.

'음…. 이정도면 전과는 차원이 다른 버프가 걸린 음식

을 만들 수 있겠는데…?'

근력, 민첩 강화 스킬을 사용했을 때 전에는 4만큼 스 탯증가를 보였던 반면, 이제는 9의 스탯증가를 보이고 있 었다. 시전자 마력의 3분의 1만큼 추가적인 효과가 붙는 탓이었다. 음식에 버프를 걸고 조리를 할 경우, 다시 3분 의 1이 줄어드니 이제는 근력 혹은 민첩증가량이 무려 3 이 증가하는 음식을 조리할 수 있는 셈이었다.

'만약 각성자 등급까지 올려서 추가 스탯을 올린다 면……'

가히 상상도 할 수 없는 능력치 증가량을 뽑아낼 수 있 을지도 모르는 노릇이었다. 그런데 의문이 드는 사항은 지혜와 지력 능력치였다. 도무지 어디에 쓰이는 능력치인 지를 알 길이 없었다. 막상 마법계열의 아이템들이 지혜 와 지력 능력치를 보정해주는 것을 보면 쓸모없는 능력치 는 아니라는 것인데 도무지 짐작을 할 수가 없었다.

경묵은 얼마 지나지 않아 의구심을 내려놓았다. 내일 최 팀장을 만나게 되면 그때 물어볼 요량이었다.

⚙

다음 날, 오후 6시.

경묵은 이진우의 안내를 받아 아트리온 길드 건물 지하

3층에 도착했다.

지하 3층은 엘리베이터에서 내리자마자 넓은 강당의 모습을 하고 있었는데, 끝 쪽에 문이 하나 나 있었다.

이진우의 설명에 의하면 저 문 안이 인공 던전이라 하였다.

중앙에는 최유훈이 서 있었고, 그 앞으로 4명의 각성자가 서있었다. 아마도 어제 이진우가 주었던 종이에 적혀 있던 초급1팀의 팀원들인 듯 보였다.

그들은 경묵이 엘리베이터에서 내린 직후 경묵에게서 시선을 떼지 않았다.

의도는 알 수 없었지만 경묵은 별다른 신경을 쓰지 않은 채로 대열 끄트머리에 합류해 섰고, 이진우는 경묵을 격려하듯 주먹을 한 번 꽉 쥐어 보이고는 다시 엘리베이터를 향해 걸음을 옮겼다. 고요함이 맴돌 때, 최유훈이 적막을 깨고 큰 소리로 말했다.

"다 모였군. 내 소개를 하도록 하지. 나는 이번 초급1팀의 감독을 맡은 최유훈이다."

아직까지는 각 팀원들이 자신을 소개하거나 할 시간이 따로 주어지지는 않았다.

최유훈은 먼저 각 역할군을 맡고 있는 사람들에게 스스로의 역할이 무엇인지를 상세히 지시해 주었다. 대부분은 수차례의 던전 레이드 경험이 있는 경험자들이였지만, 특수 등급의 각성자가 앞에서 지시를 해주는 만큼 특별히 집중해서 듣는 모습을 보였다. 최유훈은 전에 보았던 감정적인 모습과는 달리 냉철한 지도자이자 교육자로서 초급 1팀에게 개개인의 역할을 일러 주었다.

＊

팀장, 방패잡이 김성하.

이미 수차례 레이드 경험이 있는 김성하는 방패잡이 직업군으로서 맨 앞 대열에서 몬스터들의 공격을 방어하고 딜러들을 지키는 역할, 또한 상황을 판단하고 다른 팀원들을 지휘하는 역할임을 각인시켜 주었다.

창잡이 이 우.

팀 내의 메인 딜러로서 김성하의 바로 뒤편에서 근접 공격과 원거리 공격을 동시에 하는 역할을 지시하였다.

사냥꾼 이지원

팀의 유일한 홍일점인 이지원은 사냥꾼 포지션, 즉 서브딜러로서 원거리에서 활을 이용한 공격과 방패잡이 김성하가 몬스터를 몰아오기 전 함정을 설치하는 역할을 맡게 되었다.

검투사 김배균.

팀 내에서 레이드 경험이 가장 많은 초급 각성자였다.

창잡이 이우와 같은 대열에서 강력한 공격을 가하는 메인 딜러의 역할을 맡고 있었다. 때에 따라서는 방패잡이와 같은 대열에 서서 전투에 임해야 함을 각인시켜 주었다.

그리고 버퍼인 경묵.

팀의 가장 뒷선 즉 이지원과 같은 대열에서 마법 공격을 가하며 팀원들에게 버프를 걸어주는 역할을 맡고 있었다. 불가피한 상황에서는 대열이 무너진다 하더라도 지켜내야만 하는 포지션이었다. 팀원 한 명의 죽음이 곧장 팀의 전멸로 이어지는 것은 아니었지만, 버퍼나 힐러의 빈자리는 체감빈도가 상당한 편이었다.

각성자 등급이 낮은 현재로서는 마법사 직업군과 맞먹는 위력으로 공격을 가할 수 있음은 물론 버프까지 줄 수 있는 경묵이 어찌 보면 팀의 '양날의 검'이라 설명했다. 좋은 무기가 될 수도 있지만 아킬레스건이 될 수도 있으니 말이다.

"어쨌든 가장 중요한 것은 실전에서 얼마나 센스 있게 전투에 임하느냐, 또는 그러지 못하느냐의 차이다. 이 이상의 이론은 필요 없다."

최유훈은 팔짱을 낀 채 팀원들을 한명씩 쭉 훑어본 다

음 대뜸 자기소개를 시켰다. 이름과 나이 직업군을 말하라는 것이었다. 최유훈이 김성하를 가리키자 김성하가 무덤덤한 목소리로 말했다.

"김성하, 방패잡이, 24살입니다. 각성 이전에는 러시아에서 럭비선수로 활동하고 있었습니다."

갑작스러운 자기소개 시간에 당황한 듯 무뚝뚝하게 소개를 끝나자 옆에 서있던 이우가 가벼운 목소리로 입을 뗐다.

"이우, 창잡이, 28살입니다. 각성 전에는 백수였습니다."

이우의 자기소개에 몇몇 이들이 키득거렸다. 창잡이 이우는 기른 머리가 어깨까지 닿았으며 콧수염이 잔뜩 나있었는데, 가벼운 목소리에서 얼마나 쾌활한지가 느껴지는 사람이었다.

문득 친해지면 재미있겠다는 생각을 하고 있을 때, 이지원이 입을 열었다.

"이지원, 사냥꾼, 26살입니다."

"김배균, 검투사, 24살입니다."

이지원과 김배균이 연달아 짤막한 자기소개를 마치고 경묵의 차례가 되었다.

"임경묵, 버퍼, 21살입니다."

그 때, 최유훈이 불쑥 끼어들어 물었다.

"개인적으로 궁금한 게 하나있는데 말이야, 물어봐도 괜찮은가?"

"예, 괜찮습니다."

"자네 목표는 최고의 중국집을 차리는 것이라고 했었지?"

"예, 그렇습니다."

경묵의 대답에 다른 팀원들의 시선이 모두 경묵에게로 향했다. 그 시선 안에는 아는 사람들 사이에서는 제법 유명한 각성자인 최유훈과 개인적으로 연이 있다는 사실에 대한 부러움이나 시샘도 섞여 있었다. 사실상 팀원 모두가 경묵이 직업군 탓에 최유훈의 관심을 독점하고 있는 것이라고 오해하고 있었다.

"그런데 레이드에 참여하려는 이유는 무엇인가?"

"음……."

경묵이 고민하는 듯하다가 손가락을 튕기며 말했다.

"쉽게 말해서 '맛집 기행'을 하려 합니다."

"맛집 기행?"

경묵이 고개를 끄덕이자 최유훈이 황당하다는 듯 되물었다.

"그게 무슨 말인가?"

"말 그대로입니다. 던전 안에 그렇게 맛이 좋은 몬스터가 많다면서요? 직접 한 번 먹어도 보고 식재료로 쓸 수 있는지도 알아보고 쓸 수 있으면 조리도 해보고, 맛있으면 손님상 위에도 내 보고!"

상당히 호쾌하게 이야기하는 경묵을 바라보는 팀원들의 표정에 웃음기가 가득했다.

경묵은 아랑곳하지 않고 꿋꿋하게 말을 이어갔다.

"얼마나 맛이 좋기에 다들 그렇게 맛있다, 맛있다 하는지 궁금해서 참을 수가 있어야지요. 이참에 저도 맛 좀 보러 나녀오려고요."

경묵이 말을 마치자 최유훈을 제외한 다른 팀원들 모두가 웃음을 터트렸다. 최유훈이 입가에 미소를 지어 보이며 특유의 목소리로 말했다.

"그래? 이번 자네 맛집기행 말이야……."

모두의 시선이 최유훈에게로 향했다.

"그래? 이번 자네 맛집기행 말이야……. 내가 도움이 될 만한 것들을 몇 가지 알고 있지."

모두의 시선이 최유훈에게로 향했다. 모두가 숨죽인 채 최유훈의 다음 말을 기다렸다.

최유훈은 평소와 다름없이 가벼운 목소리로 입을 뗐지만, 최유훈이 해준 말은 가히 엄청난 고급정보였다.

식용으로 할 수 있다는 전제하에 높은 등급일수록 감칠맛을 낸다는 점.

가지고 있지는 않지만 아이템 중에 괴수를 순식간에

'먹기 좋게 손질해주는' 아이템이 있다는 것.

최유훈은 인상을 쓴 채로 한참을 곰곰이 생각하다가 다시 입을 뗐다.

"당장 다 떠올리려니 생각이 나진 않지만 생각나는 대로 몇 가지 일러주도록 하지."

"감사합니다."

최유훈은 다시 초급1팀의 팀원들을 한 번 둘러보고는 말했다.

"훈련은 30분 뒤부터 시작하도록 하지. 기초 훈련을 간단히 한 후에 저 문 안 쪽에서 모의전투 훈련을 바로 속행하겠다."

경묵은 최유훈이 가리킨 문을 한 번 바라보고는 침을 삼켰다.

최유훈은 엘리베이터를 향해 성큼성큼 걸어가며 말했다.

"자, 그럼 뭐 잠깐 친해지는 시간이라도 갖고 있으라고."

최유훈이 엘리베이터 안에 오르자마자 '사냥꾼' 이지원이 볼멘소리를 늘어놓기 시작했다.

"어휴 대머리 쓸데없는 말을 왜 이렇게 많이 하는 거야?"

그런 이지원을 웃음기 가득한 얼굴로 바라보던 '창잡

이' 이우는 이지원과 원래 친분이 있는지, 타이르듯 말하기 시작했다.

"아니지, 그래도 특수 등급 각성자한테 뭔가 배운다는 게 어디야? 잘 생각해보면 엄청나게 좋은 기회잖아."

이우는 팀원들을 한 번 둘러본 후에 밝게 웃으며 말했다.

"만나서 반갑습니다. 다들 친하게들 지냅시다."

그가 입을 열 때마다 진한 콧수염이 씰룩댔다.

아무도 대답을 하지 않자 경묵이 밝게 웃으며 대답했다.

"아, 반갑습니다. 버퍼 임경묵이라고 합니다."

이우는 마치 지금이 기회라는 듯 경묵에게 다가서는 한쪽 어깨에 손을 올리고 작은 소리로 물었다.

"저, 그런데 경묵씨."

"네."

"최 감독님하고는 어떻게 아는 사이세요? 원래 개인적으로 좀 아는 사이신가?"

"아니요. 그저께 처음 뵈었습니다."

최유훈을 '최 감독'이라 친근감 가득하게 칭한 이우는 놀랍다는 듯 눈을 한 번 크게 떠 보이고는 다시 최유훈에 대해서 캐묻기 시작했다.

"아, 혹시 경묵씨하고 개인적으로 연이 있으셔서 저희 팀 감독을 맡아주신 건가 해서요."

"네?"

"상식적으로 어느 길드에서 초급 팀의 감독으로 특수 등급 각성자를 붙여주겠어요?"

너무도 당연하다는 듯 말하는 이우의 말투를 보고 어느 정도 상황을 넘겨짚은 경묵이 웃으며 대답했다.

"하긴, 그렇기야 하죠."

이우는 고개를 기웃거리며 경묵에게만 들릴 정도로 속삭이듯 말했다.

"그럼 '방패잡이'나 '검투사' 양반이랑 개인적으로 연이 있는 건가?"

경묵은 대답을 하지 않는 것으로 더 이상 최유훈에 대한 이야기를 이어가지 않았다.

대신, 손끝으로 인공 던전으로 향하는 문을 가리키며 물었다.

"저 안은 어떻습니까?"

"아아, 나같은 경우에는 실제 던전에 먼저 가본 후에야 인공 던전에 가봤는데 역시 국내에서 손꼽히는 길드답게 잘 구성해 두었더라고요."

경묵이 놀랍다는 듯 고개를 끄덕이자 이우는 더 신이 나서는 설명을 이어갔다.

"안에 있는 괴수들이 비록 경험치를 올려주지는 않지만, 정말 실제 던전의 괴수들과 다를 게 하나도 없더라 이겁니다. 지형이나 구조물까지 완벽하게 구현해 두었더군요."

이우는 경묵의 어깨를 살짝 두드리고는 자신의 손목시계로 시간을 한 번 확인하고는 말을 이었다.

"어차피 20분 뒤에는 저 안에 계실 텐데요 뭐. 백문이 불여일견 아니겠습니까?"

경묵은 문을 바라보며 고개를 끄덕였다. 경묵이 제법 마음에 들었는지, 이우는 그 후로도 경묵의 옆을 떠나지 않고 쉴 새 없이 말을 해댔다. 이우의 무용담을 듣고 있자니 마치 특수 등급 각성자는 되는 듯 보였다.

"여기가 정말 초급 등급의 던전이 맞는지 싶더라니까? 그 놈들이 칼을 들고 성큼성큼 다가오는데……."

이우는 자신이 경묵과 어느 정도 친밀해졌다고 생각했는지, 은근슬쩍 말을 놓기 시작했을 무렵 강당의 문이 열리고 최유훈이 들어서며 소리쳤다.

"자, 집합!"

우는 경묵의 어깨를 두드리며 나지막이 말했다.

"자 가보자고 경묵씨."

그리고는 빠른 걸음으로 자신을 앞질러 인공 던전의 문을 향해 걸어가는 이우를 바라보던 경묵이 고개를 내저었다. 최유훈이 일렬로 선 초급 1팀 앞에 섰다.

"자, 우선 기본 대열을 한 번 갖춘 뒤에 바로 모의전투 훈련을 시작하도록 하겠다."

최유훈의 말이 떨어지기가 무섭게 다들 일사분란하게

대열을 갖추었다.

가장 앞 열에는 방패잡이 김성하와 검투사 김배균이 나란히 섰다. 그 바로 뒤에 창잡이 이우가 섰고, 이우의 등 뒤로 이지원과 임경묵이 섰다.

최유훈은 간격을 수정하듯 팀원들 사이를 지나다니며 위치를 조율해 주고는 말했다.

"자, 이게 기본 대열이다. 상황에 따라 유동적으로 변할 수 있다는 점을 항상 감안해두도록."

최유훈이 김성하를 바라보며 말했다.

"방패잡이는 이동 중 전투에 적합한 위치를 찾아낸 다음, 팀원들을 대기시키고 검투사와 함께 적들을 몰아오도록 한다."

최유훈은 눈을 가늘게 뜬 채 이지원을 바라보며 말을 이었다.

"사냥꾼은 방패잡이와 검투사가 몬스터들을 몰아오는 동안 오는 길목에 함정을 설치하고, 창잡이와 버퍼는 사냥꾼을 돕거나 대열을 갖춘 채로 기다린다."

경묵은 잔뜩 긴장한 표정으로 최유훈을 바라보았다. 최유훈의 시선이 그런 경묵에게 잠깐 맴돌다가 떠난 후, 최유훈은 한 번 씨익 웃어보이고는 다시 입을 뗐다.

"더 이상의 설명은 필요가 없을 것이라 판단된다. 인생은 실전이다. 이 안에서 목숨을 잃는 경우는 없지만 중상을 입는 경우는 충분히 발생한다는 점 잊지 말도록."

팀원들이 고개를 끄덕이자 최유훈이 인공던전으로 향하는 문을 열며 말했다.

"그럼, 장비를 갖추도록."

각자가 자신의 장비를 인벤토리에서 꺼내 들기 시작했다.

창잡이 이우는 큼직한 창을 꺼내서 한 손에 들었고, 방패잡이 김성하는 자신의 몸집만한 방패와 날이 잘 선 듯 보이는 한손 검을 꺼내 쥐었다. 검투사 김배균은 상당히 무거워 보이는 양손검을, 그리고 이지원은 붉은활을 꺼내 들고는 나무로 만들어진 화살통을 꺼내 등에 맸다.

경묵도 자신의 아트리옴므 나무 완드를 꺼내 한 손에 꽉 쥐었다.

최유훈은 초급 1팀의 팀원들을 확인하듯 한 번 둘러보고는 큰 소리로 말했다.

"초급 1팀 진입!"

김성하를 선두로 한 초급 1팀의 팀원들이 인공 던전 안으로 발을 딛었다.

이우는 잔뜩 긴장한 티가 나는 경묵의 어깨를 두드리며 말했다.

"경묵씨, 너무 걱정 마. 어차피 감독이 모니터링 하고 있거든. 위급한 상황이 생기면 저 대머리 용사가 구해줄 테니 그렇게 잔뜩 쫄아있을 필요 없어."

이우의 말이 도움이 된 건지 어느 정도 긴장이 완화되었다.

다른 팀원들은 긴장한 기색 하나 없이 이동을 속행했다.

문을 열고 들어선 인공 던전 입구는 점점 넓어지기 시작했다.

'이야 굉장한데?'

지형지물이 꼭 마치 '진짜 던전'처럼 느껴질 정도로 사실적이었다. 물론 가본 경험은 없었지만, 자신이 들었던 모습, 그리고 상상했던 것과 같은 모습을 하고 있었다.

길목이 조금씩 넓어지기 시작하자 김성하가 손을 들어 이동중지 신호를 보였다.

'던전 수신호.'

이 또한 안전교육을 이수할 때 배웠던 사항으로서, 청각이 뛰어난 몬스터들이 도사리고 있는 던전에서는 큰 소리로 대화하는 것이 불가능하기 때문에 공용화된 신호를 쓰고 있었다.

교육당시 이진우는 사실상 초급 중급 던전에서는 그다지 쓰일 일이 없다지만, 습관화 하는 것이 가장 중요하다는 말을 덧붙였다. 팀원들이 일제히 걸음을 멈추자 '방패잡이'이자 팀장 김성하가 뒤돌아서서는 속삭이듯 말했다.

"이 곳이 첫 번째 전투 장소로 적합한 듯 보입니다. 길목이 급격하게 넓어지는 지점이니 조금씩 후퇴하며 싸운다는 가정 하에 다수의 적과 맞서기 적합해 보이는군요."

창잡이 이우가 진한 수염을 씰룩거리며 대답했다.

"방패잡이 형님이 보는 안목이 조금 있으시네. 든든한데?"

이우가 큰 소리로 말하자 모든 팀원들의 책망의 눈초리가 이우에게로 향했다. 이우는 어깨를 들썩여 보이고는 다시 말했다.

"미안해, 작게 말하면 되잖아 작게."

경묵은 혼자 이런저런 고민에 빠져있었다. 현재 경묵의 MP는 총 150. 전보다는 나아졌지만, 한 번에 모든 팀원들에게 버프 마법을 걸기에는 한참 역부족이었다.

"흠……."

경묵이 스킬 창을 열며 작게 읊조렸다.

'버프'

그러자, 눈앞에 버프 스킬들만이 정리되어 나타났다.

[근력 강화 LV.2]

아군이나 자신의 근력을 일시적으로 강화할 수 있습니다.

사용스킬 -〉 지속시간 300초(+60초-버프마스터리),

근력상승 +9 (+8/ 마력 비례 0.33 계수)

　MP 소모 : 30

　[민첩 강화 LV.2]

　아군이나 자신의 민첩을 일시적으로 강화할 수 있습니다.

　사용스킬 -〉 지속시간 300초(+60초-버프마스터리),
민첩상승 +9 (+8/ 마력 비례 0.33계수)

　MP 소모 : 30

　우선적으로 근력강화와 민첩강화는 버프 마스터리의
효과로 지속시간이 60초 늘어났다.

　더군다나 지급받은 아이템의 효과로 마력을 24까지 끌
어올린 덕에 민첩과 근력 상승량이 2배 넘게 증가했다.

　[축복-초급 LV.1]

　아군이나 자신의 회복력(HP,MP) 및 원소 저항력을 일
시적으로 상승시켜 줍니다.

　사용스킬-〉 지속시간300초(+60초-버프마스터리), 회
복력 초당+1 (HP,MP) 모든 원소저항 +3

　MP 소모 : 20

회복력 초당+1은 상당히 괜찮은 효과였다.

전에 상점에서 50GEM이나 주고 샀던 자가 회복의 회복력 상승은 겨우 초당 0.1이니 거의 10배에 달하는 효과를 내고 있었다.

[증폭(공격) -초급 LV.1]

아군이나 자신의 물리공격력을 일시적으로 상승시켜 줍니다.

사용스킬-〉 지속시간300초(+60초-버프마스터리), 공격력+7 (+2/마력0.1계수)

MP소모 : 20

[증폭(마법) -초급 LV.1]

아군이나 자신의 마력을 일시적으로 상승시켜 줍니다.

사용스킬-〉 지속시간300초(+60초-버프마스터리), 마력+7 (+2/마력0.1계수)

MP소모 : 20

증폭마법은 기존의 버프마법인 근력강화나 민첩강화보다 마력의 영향을 조금 덜 받는다.

근력강화나 민첩강화의 경우 0.33 계수인 반면, 증폭계열 마법은 0.1 계수밖에 되지 않는다.

'하긴, 계수가 같아버리면 너무 사기이긴 하지.'

그런데 도무지 지력과 지혜는 어디에 쓰이는 능력치인지 알 길이 없었다.

경묵은 지금의 MP로는 모든 팀원에게 버프 마법을 걸수 없다는 문제를 타개하기 위해 빠르게 생각을 정리하기 시작했다.

방패잡이는 딜러로서의 역할이 적으니 [근력강화] 만시전 한다.

딜러로서의 역할이 큰 검투사에게는 [증폭(공격)]과 [근력강화]를 시전한다.

창잡이에게도 마찬가지로 [증폭(공격)]과 [근력강화]를 시전 한다.

사냥꾼에게는 [증폭(공격)]과 [민첩강화] 버프를 시전한다.

그리고 자신에게는 [증폭(마법)] 과 초당 마나회복 효과가 있는 [축복]을 시전 한다.

어느 정도 생각을 정리한 경묵이 김성하에게 물었다.

"몬스터들을 이곳으로 몰아오는데 대략 얼마만큼의 시간이 소요됩니까?"

"대략 3분 정도입니다."

경묵은 고개를 끄덕이고는 이우에게 조심스럽게 물었다.

"죄송한데 부탁 하나 들어주실 수 있으십니까?"

이우는 부탁이라는 말에 양 눈썹을 모았다가 놓으며 대답했다.

"뭐? 부탁? 음……. 들어줄 수 있는 거라면……."

그리고 얼마 지나지 않아 방패잡이 김성하와 검투사 김배균이 몬스터들을 유인하기 위해 대열을 이탈했다.

이지원은 오는 길목 곳곳에 함정을 설치하기 시작했고, 이우는 자신의 손목시계만 뚫어져라 쳐다보고 있었다.

경묵은 제 자리에 가만히 서있을 뿐, 아무런 행동도 취하지 않고 있었다. 이우가 손을 들어 보이자 경묵의 시선이 이우에게로 향했다. 이윽고 이우가 검지와 엄지를 붙여 OK 사인을 해 보이자, 경묵이 작게 읊조렸다.

'축복'

갑작스레 나타난 빛이 경묵의 몸을 한 번 감싸고는 몸 안으로 스며들었다.

[HP 회복량이 초당 1만큼 증가합니다.]

[MP 회복량이 초당 1만큼 증가합니다.]

[모든 원소 저항이 3만큼 증가합니다.]

경묵은 이우와 이지원에게 증폭 마법을 시전했다.

'증폭.'

'증폭.'

갑작스레 걸린 버프에 창잡이 이우와 사냥꾼 이지원이

놀라 쳐다보았다.

그 다음, 이우에게는 근력 강화를 이지원에게는 민첩 강화 마법을 시전 했다.

'근력 강화!'

'민첩 강화!'

축복에서 마나 20을 소모했고, 이우와 이지원에게 증폭을 2번 써서 마나 40을 추가 소모했다.

그리고 근력강화 1번 민첩강화 1번을 사용했으니 또 60을 소모했다. 도합 120의 마나를 사용하였으니 경묵에게는 겨우 30의 마나가 남았다.

하지만, [축복-(초급)] 의 효과로 인해서 경묵의 MP는 초당 1씩 꾸준히 회복되고 있었다.

이우가 보낸 OK사인은 김성하와 김배균이 출발한지 1분30초가 되었다는 신호였다.

만약 김성하가 말한 시간이 맞아 떨어진다면, 돌아올 90초동안 90의 마나를 회복한 다음 도착한 김성하와 김배균에게 버프를 걸고 자신에게도 필요한 버프를 걸 수 있었다.

마나화살을 한 번 시전하는데 필요한 MP소모량은 15.

김성하 몫의 근력강화의 MP소모량은 30.

김배균 몫의 근력강화와 증폭의 MP소모량은 총 50.

그리고 자신에게 사용될 증폭의 MP소모량은 20.

총합 115의 MP가 필요한 셈인데, 축복의 효과를 감안
한다면 김성하와 김배균이 돌아올 1분30초 후에는 115이
상의 마나가 확보되어 있을 것이었다. 경묵은 입 꼬리를
한 번 말아 올린 후 작게 읊조렸다.

"준비 완료."

그 때, 저 멀리로 방패잡이 김성하와 검투사 김배균이
모습을 보였다. 그 뒤로 스무 마리는 족히 넘어 보이는 고
블린들이 따르고 있었다. 가까스로 제 시간에 함정 설치
를 마친 이지원이 경묵의 옆에 서서 활시위를 당겼다.

푸슉—

빠르게 날아간 화살이 고블린 한 마리의 머리에 제대로
명중했다. 경묵도 침을 한 번 삼키고는 자신의 MP를 확
인했다.

'딱 맞아 떨어지는군.'

입가에 진한 미소가 지어졌다. 고블린 무리가 조금 더
가까워 졌을 때, 경묵이 나지막이 속삭였다.

'마나화살.'

〈2권에서 계속〉